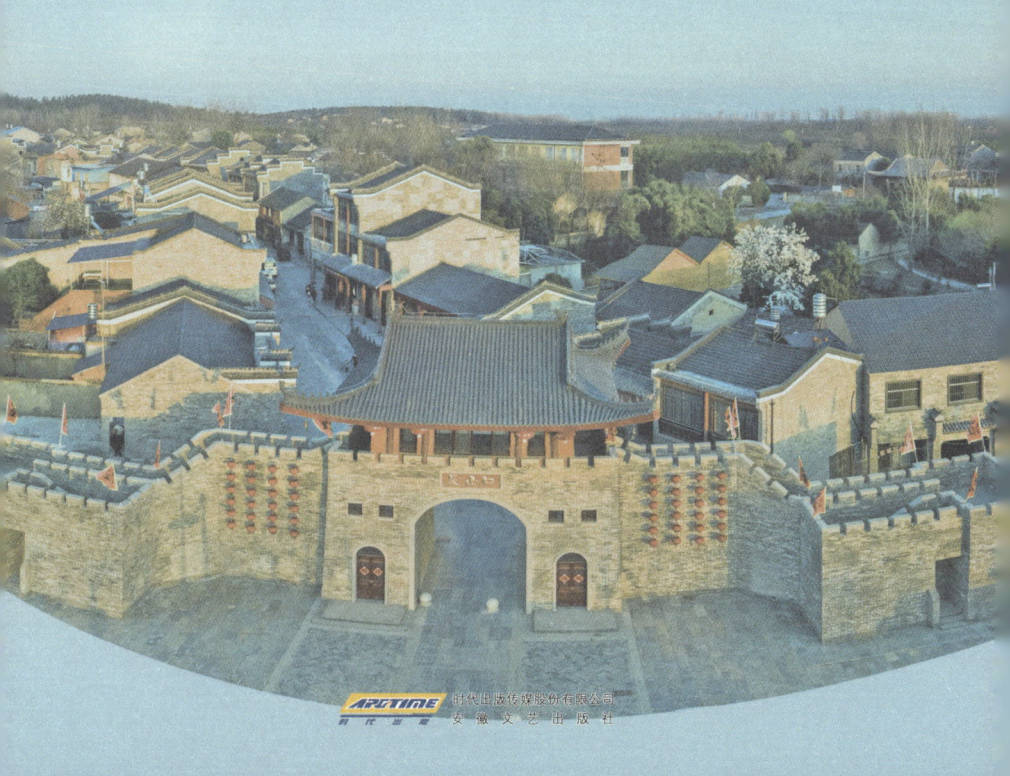

张万金 主编

千年古街
吴山口
QIANNIAN GUJIE WUSHANKOU

安徽文艺出版社

图书在版编目（CIP）数据

百年古街吴山口/张万金主编.--合肥：安徽文艺出版社，2022.1
ISBN 978-7-5396-7347-9

Ⅰ.①百… Ⅱ.①张… Ⅲ.①散文集－中国－当代 Ⅳ.①I267

中国版本图书馆 CIP 数据核字(2021)第 234863 号

出 版 人：姚　巍
责任编辑：胡　莉　　　　　　装帧设计：韩玉英

出版发行：时代出版传媒股份有限公司　www.press-mart.com
　　　　　安徽文艺出版社　www.awpub.com
地　　址：合肥市翡翠路 1118 号　邮政编码：230071
营 销 部：(0551)63533889
印　　制：安徽新航向印刷有限公司　(0551)65661327

开本：880×1230　1/32　印张：8.375　字数：170 千字
版次：2022 年 1 月第 1 版
印次：2022 年 1 月第 1 次印刷
定价：68.00 元

（如发现印装质量问题，影响阅读，请与出版社联系调换）
版权所有，侵权必究

编委会

主　任：周典瑞

副主任：周先山　张万金　许长勋

委　员（按姓氏笔画为序）：

　　　　卞春林　许长勋　许正聪　孙红春　李　锐
　　　　张万金　余成林　杨珍学　周本华　周先山
　　　　周典瑞　金　菊　韩雪松

编辑部

主　编：张万金

副主编：许长勋

编　辑：周本华　金　菊　卞春林　许正聪

通　联：余成林　孙红春

顾　问：浦家炳　艾光银　金邦宥
　　　　卞仰来　李其安　黄荣贵

张万金题

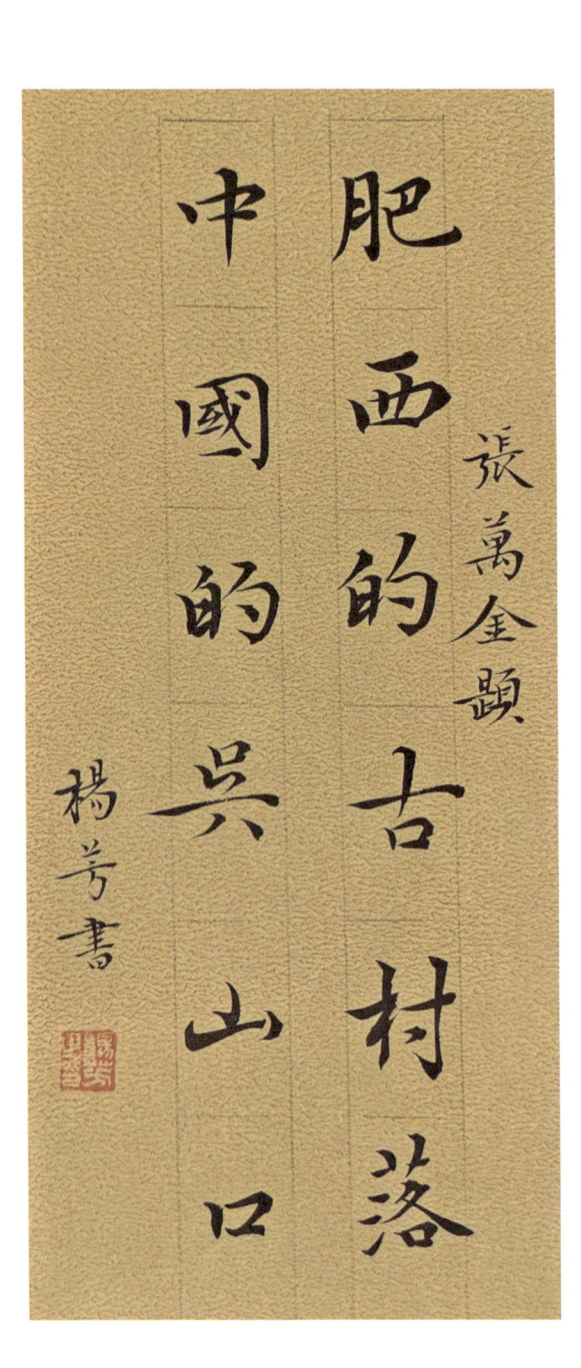

肥西的古村落
中国的吴山口

杨芳书

2021年7月14日，编委会主任周典瑞（中）审阅初选稿件。（周先山/摄）

2021年2月6日，编辑部召开第一次会议。（余庆/摄）

2021年4月2日,"心系故乡、关注山口"恳谈会现场。(王月敏/摄)

回乡参加恳谈会的老人踊跃发言。(王月敏/摄)

艾光银向紫蓬山管委会赠送摄影作品。（王月敏/摄）

艾光银向山口村委会赠送摄影作品。（王月敏/摄）

2021年2月28日,座谈会现场。(武方/摄)

2021年6月5日,本书特约摄影师王月敏(中)在挑选照片。(金菊/摄)

2021年4月2日,"心系故乡,关注山口"恳谈会后,部分参会人员合影。(王月敏/摄)

目 录

那街，那人，那情（代序） …………… 周典瑞 /001

记录百年

吴山口老街 …………………………… 程绍中 /002
吴山口行政村 ……………………黄荣贵 李其安 /004
吴山口小学……………………………… 艾光友 /007
吴山口信用社 ………………………… 孙红春 /008
吴山口电灌站 ………………………… 程少伯 /009
吴山口供销站 ………………………… 卞仰来 /010
吴山口食品站 ………………………… 程国艾 /012
吴山口茶馆 …………………………… 张万应 /013
吴山口综合厂 ………………………… 孙红春 /014
吴山口医院 …………………………… 程国珍 /016
吴山口建筑业和建材厂 ……………… 程国所 /017
吴山口业余剧团 ……………………… 程绍友 /019
吴山口油厂 …………………………… 程国所 /020
吴山口猪行 …………………………… 卞仰来 /022

吴山口豆腐店、窖货店、挂面店、糖坊　卫　伟 /023

吴山口裱牌印刷坊……………………　卞春山 /025

吴山口香店……………………………　卞春山 /026

吴山口石匠……………………………　卞春山 /027

吴山口染坊……………………………　艾宁可 /028

心系故乡

我生命的"中心"…………………………　黄　炜 /032

这山，这街，这人 ……………………　卞春林 /037

珍藏在心底的故乡……………………　金　政 /043

老街印象 ………………………………　周本华 /047

听妈妈讲那过去的事情 ………………　金　菊 /052

记忆中的故乡 …………………………　李晓春 /058

那个时代的"颜色"根植内心 ………　艾宁可 /063

在苦难中成长，在幸福中感恩…………　金邦宥 /067

深藏在记忆中的故乡……………………　艾光银 /073

我无法忘怀的故乡………………………　浦家炳 /077

我从学校走进军营 ……………………　赵本钊 /083

永不消逝的电波 ………………………　周孝泉 /086

那个绿色的铁皮邮箱……………………　周孝泉 /092

开进春天的班车…………………………　余成林 /096

吴山口水库修建记………………………　黄厚保 /099

心念炊烟，常思故乡 ……………… 黄华银 /103
茶馆里的春秋……………………… 张万应 /106
上甘岭归来 ……………………… 董照辉 /110
故乡印记 ………………………… 许　磊 /115
不一样的祖父、祖母 ……………… 董照玉 /119
四个人的舞蹈 …………………… 黄厚桂 /124
民以食为天 ……………………… 徐常胜 /127
那时，我也有打卡地 ……………… 谢守宁 /130
回家 ……………………………… 程　刚 /133
可爱的故乡 ……………………… 何　洁 /135
"马氏中医"日月绵长 ……………… 马扬厚 /138

思念永恒

慈母………………………………… 许长勋 /142
四弟………………………………… 许长勋 /149
我的父亲母亲……………………… 张万金 /156
今夜，我的泪为你而流…………… 张万金 /162
仰望星空 ………………………… 张建尧 /166
带着您的期盼一路前行…………… 许正聪 /171
人生如茶…………………………… 余成菊 /176
刻在心里的代销店 ……………… 周本春 /179

走进古街

古街小雨润如酥	郑锦凤	/184
古街的一次华丽转身	王 琼	/190
"茶马古道"上的驿站	董光巨	/197
那是一段坚不可摧的历史	周 芳	/202
因为曾经的爱情	解银环	/208
吴山口的大幕正在拉开	陈祥稳	/211
合肥西南的网红打卡地	解红光	/215
久远的历史篇章	方 圣	/220
感受过,也是一种经历	严娇娇	/224
忘不了,山口人的情意绵长	吴泽宝	/227
吴山口人民的好儿子	宣守林	/230
吴山口人的庐剧	鹿伦琼	/233
印象吴山口	张增华	/237
岁月遗落的"莲子"	查鸿林	/240
夕照吴山口	张 莉	/244

那街，那人，那情（代序）

文 / 周典瑞

有一种心结叫故乡，有一种情怀叫家国。

春风沉醉的晚上，友人送来《百年老街吴山口》的书稿，要我作序。沿着字里行间，踏着被磨光的青石板，我走进了吴山口老街，也走进了吴山口人的情怀。

吴山口老街坐落在庐州第一名山紫蓬山山脚下。北面的狼大山、虎大山、千字山相约而至，揖拜紫蓬山之后，挽手围成一个扇形的原野，赐予吴山口老街的先民。老街横卧其中，惬意地划出一道灵动而优美的弧线，宛如一条月亮船游弋在青峰翠海之中。

岁月的河流吟着如歌的行板奔腾不息，时而舒缓，时而湍急。老街几经沉浮，几渡劫波，今天终于驶入波澜壮阔的东方大潮，迎来这革故鼎新的高光时刻。

如果说青砖黛瓦、青石板是中国大多数古街、古村落的标配，那么，吴山口老街除了这些物质形态上的古老元素之外，更多的是一个个文化符号。那一个个建筑元素记录和保存着老街的古风、古意、故人情怀，也成为今天我们品味老街、感悟老街的寄托。

东西顾盼的栅门，向阳而开，开启晨光，开启了老街一天的繁华与喧闹；对月而合，收进月色，收进老街的宁静与安然。南北犄角的碉楼，任凭风吹雨打而岿然不动，镇守着老街的平安与祥和。"净心亭"里，消散了祈福求佑的香火，消失了善男信女的背影，却让老街的先民把"心近菩提，行善积德"的信念根植于心。古戏台上，黯淡了刀光剑影，沉寂了才子佳人，却让惩恶扬善的戏文、忠孝节义的戏魂在老街心口相传，世代赓续。

吴山口老街取自然之精气而钟灵毓秀，积人文之蕴涵而含英咀华。两百多门户，不乏商贾人家、书香门第；八百多人口，辈出仁人志士、英雄豪杰。

革命战争年代，几多热血男儿，保家卫国洒热血。激战台儿庄，英灵感召心灵；血染上甘岭，忠魂铸就国魂。

和平建设时期，老街儿女胸怀壮志，江南塞北献青春。中国军事博物馆里珍藏着"两弹元勋"与吴山口人握手的荣耀瞬间，新中国石油工业的史册上抒写着吴山口人浓墨重彩的一笔，人民大会堂的金色大厅传送出吴山口人铿锵的声音，中华人民共和国的神圣天空映出吴山口人的勃发英姿。

时光如水，岁月如歌。吴山口老街历经百年风雨而巍然，吴山口街民阅尽世事沧桑而弥坚。老街恰盛世，百年正风华。今天的吴山口老街在乡村振兴的征程上正快马加鞭，一日千里。百年老街生机盎然，华丽蜕变。街容街貌赏心悦目，生意业态兴隆发达，观光旅游人流如织。老街的面貌日新月异，不变的是老街几代人根植于心的故土之恋、桑梓情怀。那一条在历史中曲折延伸的老街是他们精神的家园，那一座在风雨中坚守挺立的碉楼是他们心灵的城堡。今天，他们为了吴山口老街的宣传和推介，为了吴山口老街更加美好的未来，书写、编辑、出版《百年老街吴山口》。捧读此书，我读到了吴山口的昨天和今天，也读到了吴山口的明天，更读到了吴山口人的故乡心结、家国情怀。我坚信，吴山口人的这份情必将发于点滴，行于心田，盛于久远。

合上《百年老街吴山口》，我不禁想起诗人艾青的那句诗：为什么我的眼里常含泪水，因为我对这土地爱得深沉……

（作者系中共紫蓬山旅游开发区工委书记、紫蓬山旅游开发区管委会主任）

记录百年

王月敏 / 摄

吴山口老街

文 / 程绍中　图 / 艾光银

坐落在紫蓬山南麓的吴山口老街，由明代合肥西乡吴氏家族始建，是紫蓬山区典型的圩堡古集。

吴山口位居虎、狼两山之口。西街口城门楼两旁有一对青石狮子。门上有一副对联，上联："两山之口吴家集"，下联："四州大道小金斗"，横批："吴家山口"。这里的"两山"指的是狼大山、虎大山，"四州"指的是庐州、六安州、舒州、寿州，"金斗"为合肥旧称。

吴山口北临始建于唐代的紫蓬山西庐寺和始建于汉代的千字山青龙禅寺（白云寺），东临西汉时期远近闻名的大小关，距庐州、六安州、舒州、寿州各约30公里。通往四州的大道均为官道和商道。街道周边有茶楼、饭庄、客栈、染坊、米行、医馆、学堂、槽坊、油坊、赌场、戏院、书场、裁缝店、木匠店、窑厂等，南来北往，商客如云。每逢紫蓬山西庐寺三大庙会期间，巢州、庐江、舒城等地有朝"北九华"（紫蓬山）之习，香客、游客往返必经吴山口，使之热闹繁华，故明清两代有"小金斗"之称。

民国期间和中华人民共和国成立后，吴山口老街先后遭遇4

次大火，加之"文化大革命"中"破四旧立四新"运动，吴山口的古迹遭到彻底破坏，老街从此衰败。直到 2018 年春，紫蓬山管委会开始对吴山口老街精心规划、打造，一个古老而又崭新的中国首个圩堡古集文化旅游村呈现出来。

吴山口行政村

文 / 黄荣贵、李其安　图 / 武方

吴山口村解放前隶属于紫蓬乡，当时为吴山口保，保长张宏广。1950年，吴山口保成立农会。

1951年成立紫蓬乡，凌贤正为乡长。当年成立吴山口村，程本同任支部书记。

1952年至1953年，紫蓬乡先后成立互助组、初级社。

1954年至1957年，成立吴山口高级社，程国开为社长，程本同为副社长。

1958年至1965年，为芮店人民公社吴山口生产大队，支书李祥盛，主任程本同。

1965年至1969年春，为吴山口公社吴山口大队，时任支书许义掌，副支书程本同，主任黄荣贵。

1969年至1971年，为卫东公社吴山口大队，时任支书朱列保，主任黄荣贵，副主任程宗新。

1972年至1984年，为芮店公社（1983年改为芮店乡）吴山口大队，时任支书许义掌，副支书、村长黄荣贵。

1985年至1992年春，为芮店乡吴山口村，时任支书黄荣贵，村长李其安。

1992年至1996年，为孙集乡吴山口村，时任支书黄荣贵，村长李其安。

1996年至2002年，时任支书李其安，村长王先安。

2002年至2005年，为孙集乡吴山口村，时任支书李其安，村委会主任许长俊。

2005年至2006年，为花岗镇吴山口村，时任支书李其安，村委会主任许长俊。

2006年至2008年，为紫蓬山旅游开发区管委会吴山口村，时任支书李其安，村委会主任许长俊。

2008年至2017年，为紫蓬山旅游开发区管委会吴山口村，时任支书许长俊，村委会主任李光荣。

2017年至2021年10月，为紫蓬山旅游开发区管委会吴山口村（2018年村成立总支），杨珍学为总支书记、村委会主任，王兵、陶余金为副书记。

2021年10月27日，山口村党总支换届，选举张程为党总

支书记,王兵为副书记,程菊为委员。

截至2021年10月,吴山口村全村耕地面积3390多亩,山地800多亩,19个生产队,608户,2042人,其中吴山口古街有6个生产队,266户。

吴山口村于1978年秋实行借地到户秋种;1980年分田到户,并实行大包干。1995年实行土地二轮承包,全村19个生产队共预留土地32.5亩,连片积攒到吴山口南头、西陶洼、郎小郢等队,为吴山口古街的发展延伸做出了贡献。

吴山口小学

文 / 艾光友

1937 年，刘跃章在吴山口创办一所私人学馆，当时有 30 名学生，传授一些儒家经典。

1938 年春，在时任联保主任李陵山和尚释寄坤的努力下，吴山口建立了紫蓬中心小学。紫蓬乡公所乡长李汉书兼校长，李怀培任教导主任。

1950 年春，肥西县教育局委派解远涵校长来吴山口，在吴山口创办首所公办小学，即肥西县吴山口小学。

1981 年，经上级批准，吴山口小学在狼大山下新建了初中班，当时学生达 600 人。

1990 年后，因地形限制，原校址无操场，加之校舍建筑年代已久，经县教育局同意，吴山口小学在原吴山口油厂所在地新建校舍。2010 年 9 月，一栋高质量抗震教学楼建成并投入使用。

吴山口信用社

文 / 孙红春

1965年，吴山口设立吴山口信用社，当时没有房子，租用黄基山家的两间房子，李祥盛任信用社主任。1967年，经主管部门批准，在吴山口北街后建3间土墙瓦顶房子作为社址，时任负责人为李祥盛。1988年春，李祥盛调离吴山口信用社。

吴山口信用社主要负责吴山口、李陵、陀龙、叶岗、罗坝5个村的小额放贷业务，此外还向周边各个村扩大拆借业务，业务甚至延伸到肥西县城、肥东县和合肥市等地。

2005年撤区并乡后，吴山口信用社被撤销。

吴山口电灌站

文 / 程少伯

吴山口在 20 世纪 70 年代以前,人们烤火靠木柴,照明靠香油。之后,照明改为煤油,既不安全,也不环保,更不要谈亮度了。街上逢年过节唱戏、集会时,用的是昂贵的汽油灯。

这一切在 1969 年 5 月有了彻底改变。

吴山口地处丘陵地带,那时经常干旱,农民种田用水全靠祖辈留下的几口塘坝蓄水,一遇干旱,人们只能干瞪眼,农作物就是靠天收。于是,政府出资,兴建吴山口一级、二级电灌站,从花岗供电所引来现代文明动力——电。至此,电走进吴山口地区的家家户户,使得黑暗的夜晚变得明亮起来,农田得到灌溉,电视、电冰箱、洗衣机等家用电器走进了普通的人家。如今,吴山口家家户户的照明灯已变成了环保的白炽灯或节能灯。

吴山口电灌站除了负责吴山口地区农户的照明外,还负责一级站、二级站的抽水灌溉工作。

吴山口供销站

文 / 卞仰来

中华人民共和国成立初期,各行各业百废待兴。全国实施"一化三改造"政策,农民由互助组到初级社再到高级社;私营工商业纷纷被组织起来走合作化道路,吴山口合作商店、合作饭店、合作手工业社也应运而生。为了统一管理这些企业,占领广大农村市场,1953年,吴山口供销站建立。

吴山口供销站建立伊始,主管部门花岗供销社派来了3位同志,设立了百货综合、生产资料两个门市部。

1965年冬,吴山口公社成立,鹿立山任吴山口供销站组长,卞仰来、刘宁、蔡宏玉进站工作。随后门市部开始扩大,经营百货商品、生产资料、废品收购等,另外在陀龙大队、李陵大队、腰塘大队设立3个商业网点,方便群众购买生活和生产用品。

当时,在吴山口公社党委的安排下,吴山口供销站与李陵村万岗队、吴山口村西陶洼队成为联络点,站里的工作人员白天参加田间劳动,晚上帮助村民学习《毛泽东选集》。当时参加活动的有老同志高文发、革命烈士的女儿刘月荣等同志。

为了体验体力劳动的艰辛,站里组织职工拉着板车,去花岗供销社批发部进货，把货物堆在板车上，一板车一板车地拉到吴山口。尽管路途远、货物重，但没有人叫苦喊累。

吴山口供销站前后接纳了多位军转干部，刘宁同志从西藏日喀则军区转业回来，周先根在部队是营级，陈友良、张复之在部队是连级，他们把部队的优良作风带到了吴山口供销站，带到了吴山口。

从中华人民共和国成立初期到"文化大革命"结束，国家执行计划经济，有许多商品实施计划供应，如化肥、尿素、红糖、煤油、食盐等需凭票证购买，有一些紧俏商品虽不凭票证，但也要排队购买，如棉布、香烟等。改革开放后，吴山口供销站也打破限制，除了经营以上商品之外，还收购槐树叶，配合国家向外国出口；收购小麦和油菜籽，解决农村卖粮难的问题，也为单位增加了经济收益。

吴山口食品站

文 / 程国艾

1952 年至 1958 年,吴山口猪肉铺属个体经营,街上有许长贵和许存仁两人摆摊销售猪肉。随着吴山口经济的发展和需求的增加,1962 年又增添了程国艾和张先成两户销售猪肉。

1963 年,吴山口食品站成立,许义好任组长,先后有解玉清、丁乐久、陈宗山、程国艾、唐业龙、卫功道等人进站工作。吴山口食品站负责吴山口、陀龙、李陵、业岗和孙岗几个大队的生猪收购和销售。当时由于交通不便,鸡蛋是人工肩挑,送猪是前呼后赶,但为了完成国家的计划和指标,保证满足人民的生活需求,全体员工乐于奉献。那时,每逢集市,食品站卖肉窗口前站满买肉的群众,从早上到中午,人头攒动,一派繁忙景象。

吴山口茶馆

文 / 张万应

　　吴山口茶馆在街中间，那里是喝茶、吃点心的地方，是南来北往的商人歇脚的地方，也是大家听书的地方。那时，茶馆由黄厚元、黄基山、黄基凤、程家福、李厚之等经营。

　　每逢集市，吴山口热闹非常，人们将带来的东西交易完了以后，便来到茶馆喝茶、吃点心、聊天。茶馆有 4 间老房子、10 来张大方桌。早点有狮子头、包子、米饺、春卷、油条、豆沫、糯米糍粑、麻花等，口味极佳。每天傍晚，在外串乡的、收鹅毛的、贩货的、赶场的各色人等陆陆续续来茶馆投宿。晚上有艺人说大鼓书，听书人一般出几分钱、一毛钱不等。

　　吴山口茶馆还代办邮政业务，当时由周星北负责，吴山口各单位订阅的报刊以及居民的书信都在那里领取。

吴山口综合厂

文/孙红春　图/王月敏

吴山口综合厂原名"吴山口铁木社",创建于1965年,当时是孙集铁木社吴山口生产组。当时,经肥西县二轻工业局批准,鹿立岩为吴山口生产组组长,张伦斌、孙学明为师傅,学徒有刘大明、孙红春、张守年。1966年春,吴山口生产组增加了卞祯宝师傅,卞师傅又先后收了6个学徒。

1966年,为了适应当时的生产生活情况,经上级主管部门批准,增加了被服组、篾业组,吴山口铁木社便更名为"肥西县

吴山口铁木竹被服社"。

1966年，吴山口成立了吴山口人民公社，当时各个行业的生产都非常兴旺，尤其是木业生产供不应求。当时对农业生产的农具如木犁、木耙、水车、秒的需求量极大，上级要求吴山口铁木竹被服社以生产支农产品为主，并在支农产品上确定了"三包"，即包退、包换、包修的政策，价格也是全县统一。

后来，因为发展的需要，经县手工业管理局批示，吴山口铁木竹被服社改名为"肥西吴山口综合厂"，卞祯宝任主任，孙红春任副主任兼采购员。

1968年至1970年是吴山口综合厂的鼎盛时期。为了扩大规模、增加收入，厂里增添纸袋纸盒生产和拉丝水泥预制行业，又招收了8名员工。当时纸袋销往南京、宿县、泾县、和县、寿县等地。紧接着，吴山口综合厂新建了23间厂房。

随着经济体制改革、社会主义市场经济兴起，吴山口综合厂结束了它的历史使命。

吴山口医院

文 / 程国珍

吴山口解放前有3家中药铺，分别是由马永阶、张宏应（又名张子良）、浦少轩开办的，没有西医。解放初期，这3家药铺仍独立经营，病人来店看病，先是把脉问诊，然后抓药。有的中药材需要捣碎，大宗用碾槽，小宗用捣筒。

1952年，张志良从部队医院复员回到家乡，他和弟弟张宏应合伙开药铺，挂牌"兄弟联合诊所"。中西医结合治病在当时很少见，这也是吴山口街第一家。

1953年，马永阶携子马自清，浦少轩携弟浦家炳，共同成立吴山口医院。为了扩大规模，经过上级主管部门批准，又招进解启英、鹿伦珍、张华英等女同志为护士。当时门诊部在吴山口老街南头，有病床10多张。

1958年，芮店人民公社成立，经上级主管部门批准，招收卫永萍、程国珍去合肥105医院培训，回来后进入吴山口医院工作。之后，孙集成立总医院，芮店、吴山口成立分院，网点覆盖20多个大队。也就在这一年，安徽医科大学毕业生单德中被分到吴山口医院实习，这在当时是罕见的，也证明了吴山口医院医疗水平是比较高的。那时，单德中就认为医院不但要救死扶伤，而且要防治结合、预防为主，要搞好爱国卫生运动。

吴山口建筑业和建材厂

文 / 程国所

吴山口优越的地理位置，为工商业的发展提供了有利的条件，也促进了建筑业的发展。在吴山口建筑业的发展过程中，先后涌现出一批手艺精湛的建筑人才。例如，20 世纪 40 年代至 50 年代的解启申、陶仁富就是颇有名气的建筑人才。解启申师傅是西庐寺、白云寺庙宇续建和修缮的主要负责人，也是吴山口油坊 5 个厂房的设计者及施工负责人。

1972 年，吴山口建筑队组建，后变更为芮店公社建筑队，由程国锁担任队长及技术负责人。

建筑队先后承建了吴山口电灌站、吴山口茶厂、吴山口信用社、吴山口供销站、吴山口食品站、芮店影剧院等土建项目，并于 1978 年开始承担肥西县粮食局仓库的建设。建筑队先后承担了包括花岗、芮店、孙集、四合、新仓、北张、四十井、丙子、烟墩、长安集、长岗、洪店等十几个粮站几十栋粮仓的建设工程，高峰时有 4 个粮站仓库同时开工，施工人员有 100 多人。

建筑队的成立、发展，为当时的社办企业做出了一定的贡献，也为一大批有志于建筑业的青年提供了就业和发展的机会。直到现在，仍有很多当时建筑队里优秀的建筑人员活跃在建筑领域，为城市的建设奉献着青春和汗水。

随着改革开放和经济的发展，群众对住房有了新的需求，由原来的平房向楼房转变。建筑队根据市场需求，于1988年兴办了吴山口地区第一个预制板厂。因产品质量好、价格合理，预制楼板经常供不应求，高峰时期年产预制楼板近万块，不仅解决了周边建房群众的需求，还为国家创造了税收，为当地经济发展做出了贡献，同时也解决了当地部分群众的就业问题。

2005年，随着国家城镇化的发展及住房建设技术的更新，预制楼板的需求逐渐减少。2010年，走过20余年历程的吴山口预制板厂停办。

吴山口业余剧团

文 / 程绍友

吴山口业余剧团成立于 1952 年，当时剧团的领头人是刘益民，演职人员以吴山口街道村民为主，同时从吴山口附近各村吸收了一部分人参加。当时唱的剧种是京剧，演员有解绍梅、程家寿、浦家炳、张俊凤、黄基珍、邵春明等人，上演过《梁山伯与祝英台》等多出大戏。三年困难时期剧团停办。

1962 年冬，吴山口业余剧团重新组建，当时演员有黄基珍、谢正兰、许家英、蒋成英、解启平、解正俊、邵春民、陈祥瑞等人。剧团编剧、导演、乐队、美术、化装、服装、灯光等一应俱全。上演的剧目有庐剧《孙安动本》《秦香莲》《梁祝》《寒桥》等。剧团除在吴山口演出之外，还经常到周边的大队演出，之后发展到去新仓公社、农兴公社以及烧脉岗、周祠堂等地演出。

1965 年，肥西县文化局在花岗地区组织会演，吴山口业余剧团在会演中获奖，文化局给吴山口业余剧团颁发奖金 500 元。

1966 年之后的一段时间，剧团排演了很多现代剧，如《沙家浜》《红灯记》等。20 世纪 80 年代，随着演职人员的老龄化，剧团解散。

吴山口油厂

文 / 程国所　图 / 视觉中国

油，是"开门七件事"之一，它在人们的日常生活中占有重要位置。在吴山口的发展历史中，就有过这么一个生产油的地方——吴山口油厂。

吴山口油厂坐落在吴山口街后，解放初期兴建。油厂由榨堂、碾棚等建筑组成。

油厂的主要生产场所：榨堂，长约20米，宽约13米，内设木榨、蒸锅、炒锅、石磨等；碾棚，圆形建筑，直径约17米，内设2个直径约2米的圆形石碾，用来碾压菜籽、棉籽、花生、芝麻、桐籽等油脂原料。

油厂属于公办性质，初期由程国开任负责人，之后秦邦甫、解绍兴、严善长、卞国权等相继出任厂长；会计先后由余明贵、卫广发、程家修等人出任；师傅有程国会等人。

当时的榨油工序很严谨，原材料经晒干剔除杂质后才能入库。以菜籽油为例，生产时将原料称重后放进炒锅，每榨一次需菜籽190千克（如果是棉籽油，需棉籽150千克），春季炒至桂花色，其他季节炒至小麦色。炒好后磨半碎，再送入碾棚，由4头健壮的大牯牛轮流拉着石碾碾压。等碾成粉末，上蒸锅蒸到一定温度，放进制作好的钢圈里踩成饼状，再将其放进木榨里，由工人用吊

着的榨槌打榨。

打榨是一项劳动强度很高的工作。榨槌是一根前粗后细的、长长的、吊着的木头，吊绳位于榨槌前端。打榨时一位工人手握榨槌吊绳，另外一位位于榨槌后端的工人手扶榨槌，先往后退出一段距离，后猛地往前冲去，将榨槌重重地砸在木楔上。一遍遍地重复着，大木楔慢慢被砸入其中，油便被慢慢挤出。榨出的油香味浓厚醇正，色泽清澈透明，质量非常好，放置三五年也不会变色走味。

吴山口油厂生意很好，方圆十几里的群众经常排着长队等候购油。为了增加产量，后来时任厂长解绍兴购买了变压器、电机等设备，用电动机械代替了石碾碾压原料，后又购置了气顶榨，降低了工人劳动强度，提高了产能。油厂于1968年在芮店办了分厂，解决了群众排队购油的问题。

从建厂到20世纪80年代初，吴山口油厂发展很快，生意兴隆。到20世纪80年代中期，由于电动压油机出现，用木榨榨油的业务渐渐萎缩。到20世纪90年代，随着压油机的普及，个体油脂加工户的产生，吴山口油厂逐渐衰落，2001年被拆除。

吴山口猪行

文 / 卞仰来

　　解放初期,吴山口周边的群众有饲养猪的习惯。因为养猪饲料比较容易得到,一部分来自田间,如山芋叶、花生叶、糠面,还有一部分来自山上,青草、藤叶到处都是,所以饲料成本比较低。庄户人家每年能出圈两头猪,一头卖给屠夫,得来的钱充当家用;另一头到了年关自家宰杀,用以改善生活。

　　那时,猪崽一般来自寿县、长丰一带,小猪贩一年四季不断地把小猪从寿县、长丰赶到吴山口出售。吴山口街当时有卞少西、卞仰思两人开猪行。

　　做猪行生意也不容易,每日繁忙不说,还必须有客观条件:要有宽大的猪圈棚,外围砌实、砌牢;大院是猪吃食和活动的地方,通风要好;必须有猪槽,猪槽有的是用石头凿成,有的是用木头做成,必须坚固耐用;必须有一个池塘,一方面猪喂食要用水,另一方面方便清理猪粪便。

　　每逢集市,猪行门口挤满前来买猪的群众,有时几十人,有时近百人,猪行老板既要迎接他们,又要帮助他们挑选猪崽。群众认准要买的猪崽,猪行老板将猪崽打上红色印号,然后交易。

吴山口豆腐店、窑货店、挂面店、糖坊

文 / 卫伟　图 / 视觉中国

俗话说，"人生有三苦：打铁、撑船、磨豆腐"，所以，一个家族通过四代人将制作豆腐的手艺传承下来，一定是对美食怀有一种情怀。吴山口卫永巨豆腐作坊从开业到现在已近70年，几代人一直沿用传统的制作方法制作豆制品。如今，卫家豆腐作坊的豆制品已销往全国各地。除了卫家之外，计划经济时期，吴山口还有李传金、杨家成、卞仰定、程绍福等人开豆腐店。

解放初期，吴山口最早开办窑货店的是叶星武。解放前，叶星武跟随岳父做窑货生意，一边烧窑，卖自家产品，一边卖外地窑货。之后，叶星武在吴山口开办窑货店。在没有交通工具的年代，叶星武用一根大扁担、两个箩筐一趟趟把窑货挑到吴山口，满足群众的生活需要。后来，吴山口街又增加了卞标玉窑货店。

计划经济时期，吴山口有5家挂面店，分别是程传佳、陶友掌、张业永、李发早、程绍福开办的。

20世纪60年代，吴山口有3家糖坊。1家是朱海山塘坊，

另外 2 家分别是黄厚祥、黄厚元兄弟俩开的。黄厚祥糖坊在街北头，黄厚元糖坊在街南头，兄弟两人做着同样的手艺，其品种也一致，有花生糖、芝麻糖、方片糕、麻饼等。

吴山口裱牌印刷坊

文 / 卞春山

解放初期，吴山口就有裱牌业，业主周星北。周星北有一手雕刻印刷技术，其雕刻的"萬""条""筒"精细有度，长宽规则，印刷出来的成品有一种淡淡的香味。当时周星北裱牌印刷坊的产品不但满足本地区的需要，还畅销舒城、六安等地。

每到腊月，周星北裱牌印刷坊还雕刻"五福""财神"之类的产品，批发给山南、农兴、小庙、烧脉岗等地的商户。

"文化大革命"期间，裱牌印刷坊停业。

吴山口香店

文 / 卞春山

　　解放前后，每年农历二月十九日、七月三十日的紫蓬山庙会，男女香客争先恐后地前往千字山白云寺、紫蓬山西庐寺朝拜进香，祈求神明降福。庙会期间的股香需求量很大，吴山口王寿堂香店股香的销量竟然占到当地市场总量的七成。

　　吴山口王寿堂香店在当地很有名气，老少皆知。香店临街设立3间门面。进入店门，4排货架一字排开，货架上摆满各式各样的股香，股香上贴着"王寿堂店"的字样。

　　这些股香，据说是用能燃烧的粉末（木料碾碎）加入香料和黏液，人工搅拌成糊状，倒入特制铁桶里，挤压成线状半成品，再经过烘晒、切割、包装、整理，最后制成产品。王寿堂香店由于股香品种全、质量好，加上店主待客厚道，所以生意兴隆。其产品不但保障本地需求，而且远销外地。

吴山口石匠

文 / 卞春山

　　距离吴山口古街 500 米，有一座大山，名曰陀龙山。山上树木参天，怪石嶙峋，半山腰间有一个大型石匠塘。此塘 100 多米长，宽约 50 米，里面堆积着许多碎石。据老人说，在清末，这里聚集了众多石匠，他们吃住在这里，长年累月地开山劈石，敲击声传得很远很远。

　　石匠们技术不一样，制造的产品也不一样。

　　周老圩、吴大圩等地铺路、砌壕沟、造拱桥所需要的石条，建造白云寺、西庐寺的石条，大多数来自这里，吴山口古街街道上的石块、各门面门板下走板的石槽也都来自这里。

　　有的能工巧匠，工艺水平高，通过选料，加上精雕细琢，制出栩栩如生的石狮子摆放在大户人家、寺庙门口，显示壮观气派；也有的石匠专凿石磨，供磨坊、豆腐坊用；还有油坊的碾槽、碾磙，群众舂大米的碓槌、碓窝……在那个年代，既没有雷管，也没有炸药，完全靠石匠的双手完成。石匠左手拿着錾，右手拿着锤，敲击石头，发出叮当声，制成一件物品通常要耗时多天。

吴山口染坊

文 / 艾宁可　图 / 视觉中国

　　清末民初，艾子清在孙集吴家染坊学手艺，学成后来到吴山口自立门户，开创艾家染坊。

　　那时印染中有一种原材料是在舒城种植的，为了保证布匹的质量，艾子清不假他人之手，每次都亲自去舒城采购原材料，采购回来后还要在地窖中沤一段时间，再投入使用。为了提升艾家染坊的信誉，扩大影响，他注重把握每道工序的精准度、每种颜料的质量。他还考虑到印染技术的更新，遇到印染关键的地方，他更是亲自处理，确保艾家染坊出品的必是精品。

　　解放前，大多数农户是自己织布，再送到染坊加工上色。吴山口周边只有艾子清一家染坊，加上艾子清做生意信誉好，布匹印染的质量又好，染坊的生意很火。

　　1942年，艾子清又在农兴开了一家染坊。

　　那时，吴山口是南方去往合肥的交通要道，来往的客商很多，他们途中都会在吴山口歇一歇。艾子清和经常来往的客商交流，了解到这些经常在外的客商出于安全考虑，时常要把现金兑换成

银票，有时也要把银票兑换成现金，于是他建立了商号"同泰祥"。艾子清人品好、守信誉，很受客商的信赖，因而越来越多的客商选择在"同泰祥"兑换现金与银票，艾家的生意规模也越来越大。

1963年冬，一场大火把艾家染坊吞噬。

如今，人们的物质生活水平越来越高，不再有自家织布、染坊染布的情景了。艾家染坊院子里的架子、染缸等早已被撤除，染坊也就成了吴山口人的记忆。

下图为本章部分作者，依次为：

卞春山　艾光友　卞仰来　黄荣贵

李其安　程国所　程少伯　孙红春

程绍友　程国珍　程国艾　程绍中

心系故乡

王月敏 / 摄

我生命的"中心"

文 / 黄炜　图 / 武方

在我年幼的记忆中,吴山口老街是"世界的中心"。老街周边散落着许多自然村落,星罗棋布。围绕老街,东有东陶洼、许塘梢,西有西陶洼、程小郢、万家岗、郎小郢,南有瓦屋塘、杨店,北接虎大山和狼大山。我家的老屋位于老街的中心。对于童年的我来说,老街就是"世界的中心"。

在我童年的回忆里,老街是"商贸的中心"。老街不大,但各种门店商铺一应俱全。这里有裁缝店、食品店、供销社、茶馆、铁匠铺、木匠店、篾匠店等等。从我记事开始,每逢农历的单日,就是老街逢集的日子,周边的老百姓就来这里赶集,进行各种买卖活动,有买卖蔬菜和鸡鸭鹅的,打煤油、打酱油、买肥皂的,也有扯布做衣服的,还有打铁锹、做木犁的。我家对面就是供销社,供应着各种生活必需品。老街最热闹的当数茶馆了,来赶集的人们都要在这里歇歇脚,吃上几个油炸点心,喝上几碗清茶,畅快地"呱呱蛋",才算是完美的"赶集"。

在我家族的历史中,老街是我家"生意的中心"。在这个古老的街上,做生意成为老街人们的自然选择。我的祖辈都是生意人。自小我就听爷爷说，他是4岁随我的曾祖父来到吴山口的。爷爷是1917年生人，可以推算，我的曾祖父是1921年举家迁到吴山口的。为了维持生活，曾祖父就在老街租了一间门面，开了一家牌场，相当于现在的棋牌室吧。爷爷自小没有上过学，10岁左右就在棋牌室里端茶送水，学着招待客人。爷爷时常回忆，在那个饥寒交迫的年代，牌场的收入勉强够维持一家人的生活。

曾祖父过世较早，爷爷18岁就结婚成家，家里有曾祖母和比他小4岁的弟弟。为了维持生计，爷爷开始了"挑大扁担"的生意。所谓"挑大扁担"，简单地说就是贩卖，从吴山口周边的老百姓家里收购各种农产品，如鸡蛋、茶叶等等，再雇些挑夫去合肥或南京贩卖，然后再采购农村需要的各种生活必需品，挑回吴山口老街销售。这种扁担挑出来的"物流"，被形象地称为"挑大扁担"。"挑大扁担"的生意，爷爷一直做到

20世纪40年代末。在那个风雨如磐的年代，靠着这项生意维持着一家人的生活，实属不易。

中华人民共和国成立以后，爷爷经乡政府介绍去了省体委食堂做厨师，在当时算是不错的工作，可以为家里解决温饱问题。爷爷也常常骄傲地回忆，在20世纪60年代初的三年困难时期，家里的人一直还能吃得饱，在吴山口老街是少见的。

我的大伯，爷爷的大儿子，15岁那年溺水身亡，我的父亲当时还小。家庭发生变故，爷爷毅然回到吴山口老街，成为吴山口供销社的代销点售货员。为了方便偏远的自然村老百姓购物，老街供销社就在部分自然村设置代销点。在结束了代销点售货员的工作以后，爷爷进了集体单位——吴山口茶馆，直至20世纪70年代末，吴山口茶馆解散。

十一届三中全会以后，国家进入改革开放新时期。一辈子做生意的爷爷决定在老街开个个体小店，经营各种杂货。那时，吴山口老街还没有通往外面的汽车，交通非常不便，乡村的石子路上偶尔会有路过的运送石料的货车，客车和小汽车是见不到的。为了进货方便些，父亲买了一辆加重自行车。就是这辆自行车，跟着父亲往返于老街至上派、合肥和六安等地30余年，其间运送了多少货物已无法计算。

20世纪80年代中期，农村市场越来越活跃，有一辈子经商经验的爷爷的指导，勤劳的父母通过做百货生意，让我家成为远近闻名的万元户，成为那个时代的光荣之家。80年代末，我家在老街率先盖起二层小洋楼，这在当时的老街可谓大事了。90

年代，随着农村经济的繁荣，我家生意也进入了最好的时期，家庭越发富起来。

我的祖辈都是生意人，父亲初中毕业，母亲是文盲，虽然他们的文化程度很低，但他们很重视孩子的教育，鼓励和支持孩子们求学。80年代和90年代初的农村，在我的同龄人中，有的上完小学就回家务农了，有的上完初中就外出打工了，上完高中的少之又少。由于父母对教育的重视并有一定的经济基础支撑，我和妹妹幸运地完成大学学业，这在老街也是不多见的。

2008年，由于父亲病逝、祖父老迈，我家在老街的生意也慢慢地停了下来。至此，我家也结束了在老街近百年的经商创业历史。

在离开故乡的岁月里，老街是我"回忆的中心"。90年代初，我离开老街去县城上高中，再到芜湖上大学并留校任教。算起来，我离开老街已近30年。在学习、工作之余，老街成为我记忆的重要部分，追忆老街无法避免，老街便成了我"回忆的中心"。回忆中，我眼前经常浮现曾祖父开牌场的热闹景象，看到祖父"挑大扁担"沿着羊肠小道步履蹒跚的样子，看到父亲骑着加重自行车奔波的身影。无论工作多忙，每年我都要回到老街，感受老街亲切而又陌生的变化。

在未来的日子里，老街是我"希望的中心"。2021年，恰逢中国共产党成立100周年，也是我的祖辈来到吴山口老街谋生创业100周年。祖辈们从旧社会到新社会，从计划经济到市场经济，从农村包产到户到脱贫攻坚，再到乡村振兴，吴山口老街就像华夏大地的千千万万个乡村街道一样，经历了从旧社会的破败、新社会的发展，到新时代的振兴。

回望百年，老街见证了我家从食不果腹到衣食无忧，再到生活富足的曲折之路；见证了老街人民从一穷二白到生活温饱，再到小康社会的光荣历史；见证了我们的国家从站起来、富起来再到强起来的光辉历程。

伴随着新时代乡村振兴的步伐，百年老街已凤凰涅槃，成为合肥的一颗明珠。随着美丽乡村的建设，这个明珠越发光彩夺目，熠熠生辉。老街的蜕变，让我们在外的游子看到了希望，感受到了力量。远望未来，无论我身处何处，老街都是我前行的力量，都是我"希望的中心"。

作者简介

黄炜，男，1976年1月出生于吴山口，中共党员，在职研究生学历，硕士学位。曾就读于吴山口小学、芮店中学、肥西中学、安徽工程大学。历任安徽工程大学机械学院团委副书记、书记；管理工程学院党委副书记；学校办公室副主任；学生处副处长；党委巡察办公室主任。曾获"安徽省高等学校就业工作先进个人""安徽省十佳辅导员年度人物""安徽省优秀团干"等称号。

这山，这街，这人

文/卞春林　图/武方

　　合肥之西约 20 千米，是紫蓬山，紫蓬山向南延伸出的那座狼大山下有一条圩堡式的古街，这便是我的家乡——吴山口。

　　清明时节，我回家祭祖，望着笼罩在如酥春雨之中的这山、这街、这人，悠悠往事似烟雾飘荡，令我遐思……

　　记得，那时的山上春日野花盛开，绿草如茵，孩子们无论是放鹅的、放牛的，还是捡柴的、挖鹅菜的，三三两两，漫山遍野，玩闹着、采摘着，其乐融融。鲁迅先生在《社戏》里展现的平桥村孩子们钓鱼、放牛的情景，在这里都能看到。只不过江南水乡的孩子们更加文静，山边的孩子更加活泼，更具有山野气息罢了。

　　吴山口作为古街，我认为它的"古"就在于先辈们的"淘古"了。秋冬时节的傍晚，昏黄的灯光下，那些在街上做木匠、瓦匠等手艺活的匠人，劳累了一天，东家总是烧几个菜、备点酒款待他们。酒酣之余，就是他们"淘古"的时刻。邻居的孩子，有时

也有大人，散坐在周围，听他们天南海北地说着从前的奇闻逸事。盛夏晚上，当街上摆满凉床，一些有故事的老人或文化人也会讲点《三国演义》《水浒传》等名著里的故事。对我来说，影响最大的，就是当时租住我家前屋的李姓的奶奶。老人慈眉善目，整天缝缝补补，但她会讲古戏文里的故事，这对年幼的我具有神奇的吸引力。至今我还记得，老太太说到戏中人物的苦难时，那一声充满同情的感叹和那善良而温婉的神情。杜甫说春雨"润物细无声"，这一个个"淘古"是不是也让一代代像我这样的吴山口人在其中"润心"、成长呢？

街上的大人们是重视读书的。7岁时我开始读小学。那时上学课业负担很轻，我是无忧无虑的，感觉粉碎"四人帮"和恢复高考之类的大事与己甚远。直到有一天，父亲拿着一张《中国少年报》，上面刊登着中国科学技术大学招收少年班的消息，他对我说："你看这个叫谢彦波的孩子，跟你一样大，今年11岁，但人家考上大学啦。" 面对表情复杂的父亲，懵懵懂懂的我忽然感到外面有一个不一样的世界。我要读书、我要走出去的想法就这样犹如一颗种子撒落在我的心里。

1979年初秋，我转学到离家七八里路的芮店中学读初三，开始离开家乡。我记得那个秋天，也是细雨蒙蒙，那座山和那条古街，也如今天这样静静地横卧着。别离时的心情，既有对外面和未来的好奇，更有对这山、这街、这些人的依恋。幼时的故乡，没有长城的伟岸巍峨，也没有平原的一望无际，感觉它就像是一棵历经沧桑而又生机盎然的巨大的树。在这"树"上，尽管每个

枝丫姓张姓王各不相同，但大家都是抬头不见低头见的熟人，孩子们称呼长辈也不分彼此，可以相互交叉叫着"二大""五爷"之类。所有"枝丫"又都汇聚在一根总根之上，植根在古街这片沃土之中。这或许就是费孝通先生所研究的那个"乡土社会"吧。作为一片普通的枝叶，我吮吸着古街那浓浓的富有乡土气息的养分成长着，开始走向外面的世界。

几年的辗转读书，我已近弱冠之年，又回到芮店中学教书。我常年住校，偶尔回家，与故乡算是若即若离了。也许正是这若即若离，才能让我以一个"旁观者"近距离观察我的家乡。彼时中国大地已经改革开放，市场经济如春风吹到已渐衰落的吴山口。古街的人们身上遗存的商业基因，犹如野草般稍有阳光雨露就冒了出来。街上的"小店"一家一家多了起来，一些"能人"开始跑起运输、开办预制板厂、贩运粮食菜籽……被称为"四衢通商小金斗"的古街似乎又焕发了生机。

在历史的嬗变中，幼时熟悉的综合厂、食品站、供销社等都相继从视野中消失，成为一段段历史的记忆。与我一同长大的姐妹们，不少人走向了外面的世界，外来的"媳妇"们，我大多不认识，她们见我时，好像也如外来人一般陌生。

不过，总有一些人让人记忆深刻。在芮店教书时，我经常看见一个姓徐的长辈，在吴山口到合肥的班车上跑上跑下。他是在收水产，然后到合肥的饭店去卖。由于浑身上下散发着水产的腥气，他的外表，让人实在不敢恭维。但他圆小的眼睛里时有小贩们共有的"狡黠"，由于害怕竞争，他有个口头禅："唉，今天又折本了！"尽管他是长辈，我还是经常打趣他："今天是不是又折本了？"他总是回应我，说我没大没小，拿他开玩笑。我是他小儿子的班主任，知道他比较要强。他一年四季辛苦奔波，小心翼翼，害怕别人来竞争，就是希望用自己的奋斗来改变自己本不富裕的家庭状况。我们经常打趣，开着善意的玩笑，其实在内心里，我是很尊敬他的。看到他在车上跑上跑下的身影，我眼前有时会浮现朱自清先生描述的那个在车站蹒跚攀爬的背影。

今年春节，我遇到他的小儿子。我问他的父亲现在怎么样，他回答说："80多岁了，现在中风躺在床上，脾气暴躁，不好服侍。"

1993年，我调到县城工作，如今我已年过半百，我的父母也已是耄耋之年。对于现在家乡的人们来说，我也是"前浪"了。有时回家看望父母，也总是聊起往事。

我家是自我祖父开始到吴山口街上的。祖父担任过民国时的联保主任，算是一个乡绅。为了防范兵匪，他曾出资在街东头修建一座炮楼一样的更楼。我家在街上开过猪行、牛行，因为做生意总是与南来北往的人打交道，祖父形成了急公好义的性格，好打抱不平。一次，有国民党士兵到街上小店买香烟不给钱，店主跑到我祖父跟前诉苦："四爷，有几个当兵的，到我店里拿烟不给钱……"祖父去调解不成，就带领街坊邻居狠揍了那几个当兵的一顿。哪知这几个当兵的是尖兵，是开路的，后面有大部队。因祖父带头打了部队的士兵，所以部队的长官要逮捕他。没有办法，祖父只能找孙集的一个当民团团长的本家说情，才了却此事。尽管祖父在我出生不久就离世了，但我是听着他的故事长大的，他深深地影响了我，做人要讲正义、明辨是非，这成为我的人生准则。

祖父尽管是乡绅，但仗义疏财。解放前夕家产早已散尽，因此解放初我家成为平民。父亲是一个寡言而多思的人，一生本分地在基层供销社工作着。他倾尽全力支持我们兄弟姐妹4人读书，但结果总是不如他意。至今还印刻于心的是，夏季高考成绩公布时父亲失望叹息的神情。而母亲是一个性格外向的人，热心和善良犹如夜晚的灯笼一样在她身上闪耀。"医者仁心"在她身上有充分的体现，我已记不清有多少个夜晚被喊母亲去给病人拿药的敲门声惊醒，每每这时母亲表现的不是烦躁，而是关心病人病情的温情。最能体现母亲热心和善良的大概是母亲给人做媒了，母亲常常把男女双方叫到我家里说合，有时还要留人在家吃饭。这给家里生活带来不便，对此我们颇有微词，母亲也每每说，这是最后一个，以后不做了。可是当街坊邻居一求到她，她总是心一软就答应了。"与人为善，能帮忙就帮忙"，这是影响我一生的母亲的教导。

　　耄耋之年的父母，身体已经大不如前了。近年来，我常抽空回家看看，每次回家，母亲总是喜欢说街上人家的事情，说完后她常喟然长叹，唏嘘不已。有的事情母亲已经说过多次了，她刚说开头我就知道结尾，但我总是耐心地听着。开始可能有一些敷衍，后来我发现一个问题：为什么这些事情母亲反复说呢？给母亲留下深刻记忆的是什么呢？母亲是一个善良而又有智慧的人，在她心里悠悠岁月淘去"流沙"，留下的往往就是"金子"。在母亲的记忆中留下的总是生活中的美好、人生的经验和那些值得景仰的人……

　　恍惚中，母亲的诉说和古街的记忆，如烟雾般飘混在一起，又如春雨般相互交织。我一想到母亲，就想到那座山、那条古街和那些人；回到古街，仰望山，遇见街坊邻居，内心就充满依恋母亲般的温情。

作者简介

　　卞春林，男，生于1966年3月，中共肥西县委党校教师，从事理论教学、研究和宣讲工作，研究方向为基层文化、社会建设、合肥市情和肥西县情。教学工作曾获省、市、县多个奖项，曾主持完成省委党校、合肥市委党校、肥西县多个研究课题，宣讲工作曾被中央电视台、人民网等媒体报道。

珍藏在心底的故乡

文、图/金 政

这些年，出门在外，总免不了有一种淡淡的思乡之情，这情到底是什么样的，有时自己也说不清楚。直到后来，在乡邻和老前辈们对故乡历史的溯源中，我才豁然开朗。原来，这是一份深埋心底、难以割舍的依恋故土之情，是一种助我成长、催我奋进的精神依托。虽然我年幼时就离开孕育我生命的故土，但在儿时的记忆中，故乡是个有山有水的好地方，现在看来，故乡更是个远离尘嚣、放飞心灵的宝地啊。

由于常年在外，故乡对我而言，随着岁月的流逝，记忆也就有了残缺。这种残缺，使记忆在清晰与模糊之间交织，但有一个场景让我永远也无法忘怀，在岁月的沉淀中更是历久弥新。

我的母亲一生勤劳善良、朴实无华。记得那时父亲在外地上班，母亲和我们姐弟三人住在老街，老宅子就位于街中间偏北头的地方，属于较为繁华的地段，家里的大门正对街心。母亲白天参加生产队的劳动，回来后还要操持家务，非常辛苦。每天我们还在睡梦中，母亲就早早起床忙里忙外。印象最深的就是每天早上母亲都会熬上一大锅米粥，这时天已放亮，到古街赶集的人渐

渐地络绎不绝，家里也会慢慢热闹起来，一会儿大表叔来了，一会儿二舅爹到了，他们都是住在周边村庄来赶早集的亲朋乡邻。这时，母亲总会盛上一碗米粥让他们喝，热乎身子、解解乏，这个场景一直持续到我们搬家离开吴山口。当时我年龄小，不懂事，长大了才知道在那个物资匮乏的年代，母亲的一碗粥，对于那些为了生计起早赶集的农村亲友是莫大的关心。母亲并没有受过多少文化教育，她却用自己的淳朴和善良，用自己的言行教育着自己的孩子，影响着我们。

高中毕业那年，正赶上空军来学校招收飞行员，经过层层选拔，我有幸被招飞入伍，成为空军飞行学院的一名飞行学员。当我收到当年全县第一张录取通知书的时候，母亲就开始为我准备这准备那，父亲就说了，部队有规定，什么都不用带，本人按时报到就行了。俗话说，"儿行千里母担忧"，何况我还是第一次离家，就去千里之外的东北呢。父母商议后，父亲陪着我一起乘坐了近40个小时的火车来到长春，把我送到学校门口，部队的领导对父亲说："孩子到我们这就安全了，你也辛苦。可以回去了。"看着父亲渐渐远去的身影，朱自清的《背影》在我的脑海里油然浮现……

毕业后，有次回家探亲，大姐和我聊天，说到父亲那次送我上军校回来，连续坐了40个小时的火车，两条腿都有点浮肿了，还不停地懊悔地说："送小政子去上学，在火车上近两天也没吃上一顿像样的饭。本想送到学校后让他再出来，好好吃一顿，哪知部队管得严，进了军营就不让出来了。"父亲平时对我们话语不多、要求很严，却爱在心底。父亲年幼时，祖母就病逝了，他与祖父两人相依为命，在他读高中期间祖父也因病去世。家庭的艰难造就了父亲勤奋独立、坚强正直的性格和品质。

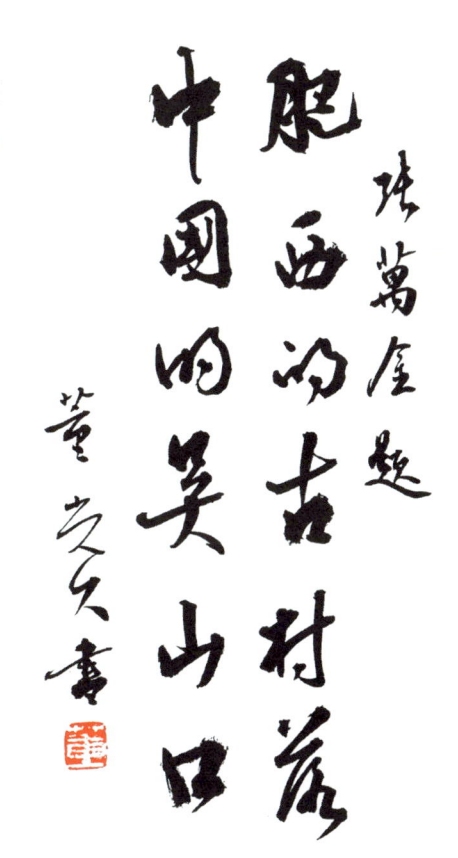

故乡的深厚底蕴、母亲的勤劳善良、父亲的严肃正直，始终潜移默化地影响着我，激励着我在人生道路上不断成长。记得刚学飞行那会儿，地面训练强度很大，专业学习任务很重，不少战友都吃不消，因此而被淘汰。但是，每当我想起家乡父老的期盼、父母字里行间的嘱托，内心就会爆发出无尽的力量，便咬紧牙关克服困难，加班加点强化训练，最后顺利转入飞行部队。记得我第一次驾驶战鹰飞翔在祖国的蓝天，那时晴空万里阳光灿烂，眺望银翼下的锦绣大地，我不由得想起家乡的山山水水。是啊，我的故乡，正是你的哺育，才有了我健壮的体格、顽强的毅力。

在这30年的军旅生涯中，不管是在东北大地，还是在黄海之滨，不论是在基层部队，还是在领导岗位，故乡始终是我宝贵的精神财富和源源不断的力量源泉。

任凭时光如何流逝，我知道，这辈子，无论我长多大，无论我走多远，都不会忘记淳朴善良的故乡人，都不会忘记清新独特的故乡味。故乡，就像一幅清秀淡雅、美丽迷人的画卷，永远珍藏在我的心底。

作者简介

金政，男，1972年5月出生于吴山口，1989年8月考入空军长春飞行学院，大学学历，空军上校，中共党员。先后担任支部书记、营党委书记、团党委书记、基地党委委员等职务，空军第十四届党代会代表。历任排长，政治指导员，机务大队教导员，团政治处副主任、主任，团政治委员，基地政治部副主任。荣立三等功两次，曾被评为"空军政治机关先进工作者"，曾受命参加1991年和1998年抗洪抢险并圆满完成任务。

老街印象

文 / 周本华　图 / 张泉

　　由北向南翻过国家森林公园紫蓬山，攀过千字山，再爬上正前方的狼大山山顶，一条蜿蜒的老街——吴山口街，便清晰地映入眼帘。

　　吴山口街呈南北走向，街面南低北高，宽约 5 米，记忆里一直是繁华热闹的。吴山口街从南到北依次分布着小学、油厂、食品站、医院、染坊、邮政代办所、冥花店、饭店、供销社、裁缝店、篾匠店、铁匠铺、牛行、信用社，商业服务门类齐全。吴山口集市一逢一闭，阴历逢单开集（有时也有逢双开市的"混沌"集）。每到赶集之日，街上人头攒动，除了街中的店家外，更多是从周边或远道而来赶集的村民，各种农产品摆得满街都是。他们把自家的农产品带来交易：竹篮里青绿油嫩的白菜、韭菜、菠菜、芽菜，地面上连藤带秧子的青黄豆、萝卜，袋子里的棉花、花生，箩筐里的大米、山芋……

　　吴山口的街面和众多的古街一样，清一色由青石板镶嵌而成，在经年累月的脚步打磨下油光发亮。青石板来自何处，铺于何年？101 岁的奶奶说，花轿子抬她来的时候就是这个样子。

老街的四面因被星罗棋布的塘坝包围着，老街便有了江南人家的感觉。东头塘边的村落叫东陶洼，西头塘坝的村落叫西陶洼。据说老早之前是姓陶的人家在此聚居，繁衍生息，村庄又地处山脚的低洼之处，再冠以村落的方位，村落的名字自然形成。北面塘坝边的村落叫许塘梢，因村落地处塘坝末梢，居住的又多是许姓人家，这许塘梢的名字便流传下来。

儿时我光着脚走在青石板上，从不担心有硬物会硌着皮肉。夏天毒辣的太阳把青石板晒得滚烫，走在上面，会有一种热疗的痛快感。

听母亲说，老街上曾发生过一件离奇的事情。1960年，有户人家夜里用稻草堵住烟囱偷偷地烧饭，结果稻草被烧着，火星飞上了草扎的屋顶，火借风势，老街上空瞬间形成了两条狂舞的火龙。奇怪的是那火从南向北呼呼燃烧的时候，竟然跳过了一户卞姓人家的房顶。大火过后整条街残垣断壁，只剩下卞家的房子还完整地耸立在大街上，成为人们街头巷尾议论的奇事。有人说，他家从前殷实，饥荒之年曾拿出自家的粮食接济过许多穷人，积了大德。这种善有善报的故事，街坊邻里一直津津乐道。

老街的东头有一个高高大大的土台子。那些年，除了开批斗会之外，更多的是用来唱戏。《红灯记》《沙家浜》《智取威虎山》，这些样板戏的演员都是本街的。尤记得我家对面的那个叔叔，弄些破衣服破被絮，胡乱地往怀里一揣，腰带一系，扮作大肚子胡司令便上台了，几步踱下来，那腰带挂不住，里面的"肚"子唰地全掉了下来，让台下的观众笑喷。

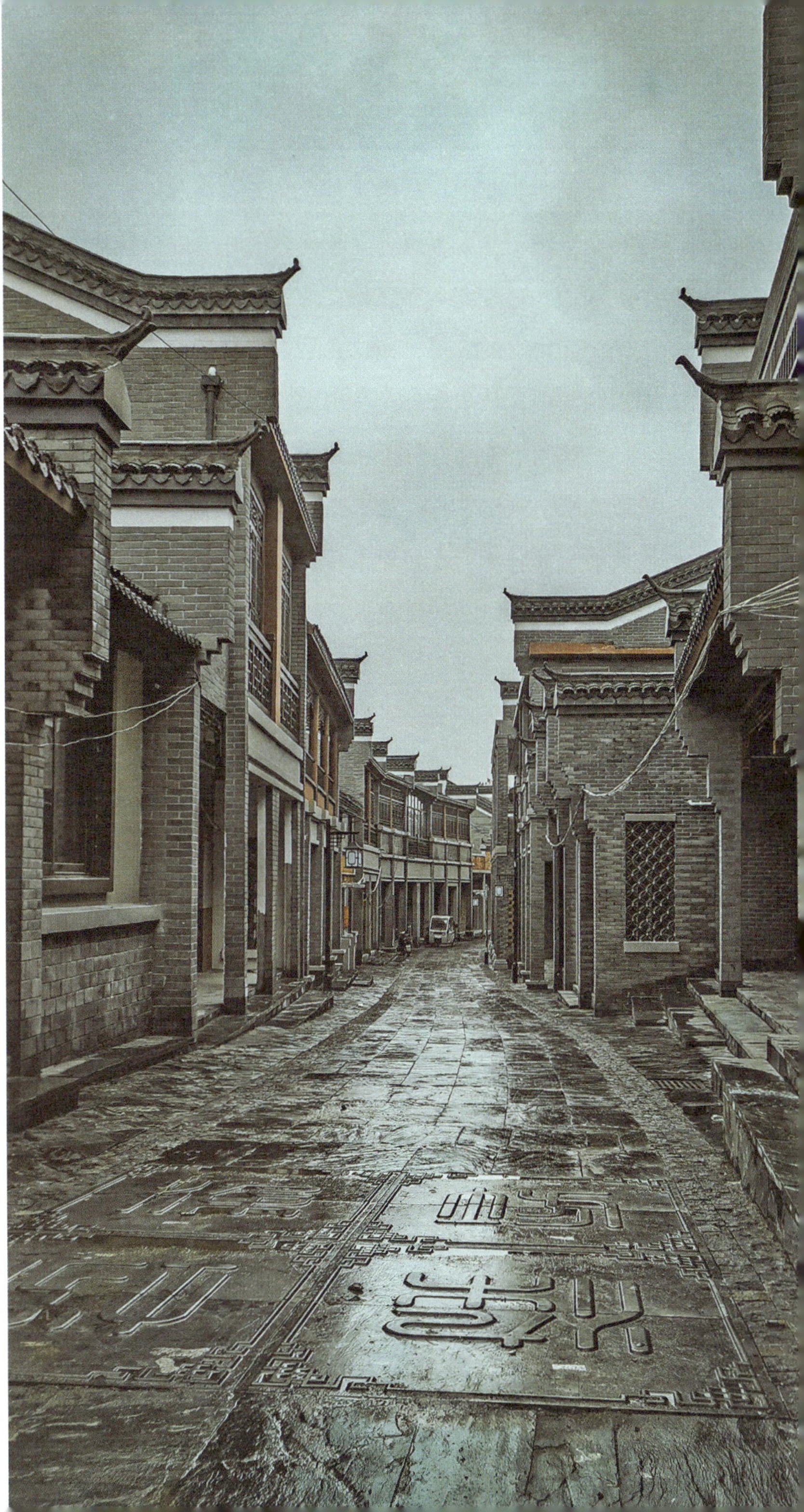

街的西头有一口从里到外全是青石垒起的井，如同这老街的青石一般历史悠久。这井建于何年？只有井口被绳索勒出的道道凹痕知道。这井究竟有多深？街上的老人们说，从他们记事起，经历了无数次的大旱，而这井从未干涸见底。冬日里，井面上像刚揭开的锅，从里向外蒸腾出缕缕热气；夏日里，水更加清洌甘甜，一口喝下去会让你忍不住直叫爽。街上的人家煮粥烧饭全都挑着木桶来这里取水，熬出来的稀饭黏稠爽口，煮出来的米饭老远就能嗅到香味。那些年，在井边洗衣、洗菜、淘米、打水的人围成了一圈，像是《清明上河图》中的一景。

　　老街北面是座山，名曰"狼大山"，站在山顶上可以俯瞰老街。母亲说因为过去山上有狼，还曾叼走过人家的小孩，所以被称为"狼大山"。缺柴火的年代，每到周末，我都会拖着竹筢上山捞草。秋日里，满山遍野盛开着五颜六色的野花，从山间走来，全身会散发出特有的香味……

　　有山有水的地方历来是人们喜爱之处，就连风水先生都说吴山口是块宝地。我倒认为风水先生所说的并非迷信，而是有科学道理的。吴山口街地处丘陵，背枕大山，四面环水，山清水秀；而东南的一面无遮无拦，阳光通透，一览无余，生活在这样的环境里，人自然会舒适、舒心。

　　吴山口老街一年四季山风习习，风送清香。春天，满山嫩绿，青翠欲滴；夏天，山高云低，色彩斑斓；冬天，银装素裹，如骏马奔腾。最让人陶醉的是秋日里，满山遍野的野菊花，黄得耀眼，香得醉人，当那些手里捧着、头上戴着野菊花的女人款款走下山来的那一刻，不知迷了多少汉子。

　　高大威武的城门楼、马头墙，雕梁画栋的街坊建筑、古炮台、古戏台……如今，老街的旧貌已在我的眼前消失，取而代之的是修旧如旧、注入现代乡村元素的老街：街边的池塘变成了湖；湖中廊桥回环，湖边柳树摇曳、花木扶疏，街上居民们在这里伸腰展背、踱步休闲；街边，环山公路蜿蜒而去，公交车如水奔流……

　　这沉睡的老街重新"活"了过来。

作者简介

周本华，男，吴山口人。肥西县供销社新闻信息中心主任，合肥市作协会员。偶有作品见于省、市、县媒体。写作旨在以笔耕快乐人生，以写作为阅读加油。

听妈妈讲那过去的事情

文、图 / 金菊

"月亮在白莲花般的云朵里穿行,晚风吹来一阵阵快乐的歌声,我们坐在高高的谷堆旁边,听妈妈讲那过去的事情……"

每当听到这首歌,歌词中描写的场景就会一幕幕地在我脑海里浮现,就会唤起我对童年美好生活的回忆。

思绪在歌声中轻舞飞扬,飞到我的童年,飞到我的故乡。

我的家乡吴山口,是一座古老的乡村集镇。它的北面是起伏的群山,其他几面都是开阔的田野。肥沃的田野之中镶嵌着几口清凌凌的水塘,水塘里长着密密的芦苇和荷花,夏天的时候,晚风送来缕缕清香,到了深秋,白雪似的芦花漫天飞舞。一条长长、窄窄的石板路街道纵贯南北,街道两头分别称南头、北头,街道两侧的后面分别称东街后和西街后。街心两边都是土墙、草顶的房屋,每家门前都有很宽的廊檐,下雨天从街北头去街南头,不打伞也不会淋雨,不会湿脚。街心地面全部用青石板铺成,因长年累月行人踩踏,石板被磨得光滑锃亮。集镇虽然不大,街面也不是很宽,街上有居民住家,也有商人经商;有国有供销社,也有私人商店;有旅馆饭店,也有手工艺人的门店。每到集市或早市，街两边摆满了小摊，附近村民们把自家收获的农副产品拿到集市上来卖，罢集时再购买一些生活日用品带回家。

我家当时就住在街中间偏北头的地方，沿街有两间房，一间是厨房，另一间大门正对街心，相当于现在的客厅。说是客厅，其实就是一张大桌和好几条长板凳，还有大大小小一些凳子。每到逢集早上，客厅里就坐满了来赶集的乡亲，他们大多是进来歇歇脚的，还有的是过来喝点水；如果赶上我家吃早饭，妈妈会让没有吃早饭的乡亲吃一碗稀饭，垫垫肚子。在我的记忆中，只觉得一到逢集早上，不仅街上很热闹，家里也很热闹。在我家歇脚的乡亲们，有的互相之间也很熟悉，他们会在一起拉家常。妈妈不仅没觉得烦，还把家里所有板凳都搬出来让大家坐，大桌上的两个竹子外壳的水瓶也被早早地灌满了开水，装满妈妈的盛情。

我家的房子和左右邻居只隔了一道低矮的院墙，谁家有什么事情，只要在院子里喊一声，大家就都出来了。邻居之间友好相处，点点滴滴给我留下许多美好的回忆。

我们姐弟三人，小时候爸爸在外地工作，只有妈妈一人在家照顾我们。记忆中,妈妈每天从早忙到晚。后来我们渐渐长大,能帮妈妈做一些力所能及的家务事了。记得有一次,妈妈在炉子上煮了一锅稀饭,她有事要出门,临走前叮嘱我,稀饭开了端下来。我就坐在旁边看着,看到稀饭开了,就往下端,结果滚烫的一锅稀饭全撒到地上,我吓得大哭起来。隔壁的三妈听到哭声赶紧跑过来,先看看我有没有被烫着,万幸,稀饭虽然撒了一地,却没有烫着我。三妈赶紧把我手上和身上溅到的米糊洗干净,哄我不要哭了,还把地面清理干净。妈妈回来也吓着了,以后再也不叫我做这些事了。

在我家后院的隔壁,住着杨大奶奶一家人,我们两家之间的院墙上留着一个可以跨过去的门洞。记得妈妈不在家的时候,大奶奶经常过来照顾我们,送好吃的给我们。小弟弟小的时候,大奶奶经常把小弟弟抱到她家,照顾小弟弟。我们家姐弟几个同大奶奶家的孙子孙女差不多大,我们经常过去玩,有时也在她家吃饭。那时的邻里如同一家,彼此关照,相互温暖。

有一年冬天,吴山口要修一座水库,公社从周边调集了许多村民,为了节省时间,他们早出晚归。午饭由吴山口大队统一安排到街上的住户家吃,那时我家就被安排了近20人。每天早晨,负责烧饭的炊事员早早来到我家给大家准备中饭。我只记得炊事员很勤快,来了以后就挑水、扫地、洗菜、烧火、做饭、烧菜,每天总是饭一烧好,就把最好的菜让我们姐弟几个先吃,而他自己要等大家都吃完了才吃。

听妈妈说,我小时候体弱多病。吴山口街有一家公办医院,我就是医院的常客。在我4岁那年,一个夏天的傍晚,吃完晚饭,妈妈帮我洗好了澡,把凉床搬到大门外的街心,让我乘凉。突然,我上吐下泻,大哭起来。妈妈看到这情景,赶紧叫来三妈,把我送到医院。正在值班的浦医生诊断我患的是急性肠胃炎,可医院里没有治疗急性肠胃炎的药,要赶快送到最近的芮店医院,否则可能会有生命危险。芮店离吴山口有六七里的路程,妈妈还抱着才几个月大的弟弟,爸爸也不在家,妈妈急得六神无主,大哭起来。这时邻居董伯伯和张叔叔主动提出把我挑到芮店去,他们赶紧回家拿来了箩窝和两把手电筒,向芮店医院赶去。妈妈抱着弟弟在家焦急地等待,结果一会儿工夫,街南头两盏手电筒的光线射来,妈妈吓得大哭,以为我不行了。董伯伯大声喊:"不要哭了,孩子没事。"原来他们刚出街南头,碰到出诊回来的张医生,张医生的药箱里还有一支药,当即就给我注射了。回到家里,张医生赶紧给我吊上水。听闻消息的姨娘也跑来了,她也是一位医生,那天晚上她整夜在我家陪着我们娘儿仨。正是那一支药、那一群人,挽救了我的生命。这件事,妈妈给我讲了很多次,她经常告诉我,他们是我的救命恩人。是的,这是一群普通的乡邻,是一群善良淳朴、乐善好施、急人所难的平凡人。他们身上体现的中华民族的传统美德,让我幼小的心灵受到潜移默化的影响。往后的岁月里我悟出了许多做人的道理:与人为善、乐于助人、知恩感恩、无愧于心。

记得小的时候,有许多好玩的游戏,比如跳房子、踢毽子、挑小棒、抓石子、翻花绳等等,有那么多充足的时间和伙伴们在一起游戏，场地上、院子里、田埂上、街道旁，到处都有我们童年欢乐的身影。

夏日的晚上是我最快乐的时光，伙伴们结伴去草丛中捉萤火虫，放在玻璃瓶里，一瓶子萤火虫闪闪发亮；有时我们也很斯文地搬着凳子去街后的场地上，坐在高高的谷堆旁边，一边吹凉风，一边听大人讲故事。那时，课外书籍匮乏，所以我们很喜欢听大人讲故事。有一年夏天，爸爸经常在家，每到晚上，爸爸便把凉床搬到院子里，妈妈给我们姐弟三个洗好澡后，放在凉床上乘凉，爸爸就开始给我们讲故事。当时感觉很享受，那种美好的感觉是今天待在空调房里的孩子们体验不到的。许多年过去了，有好些事还留在我的记忆里，我时不时地也会把它们讲给孩子们听。

小学四年级时，李老师是我们的语文老师兼班主任，我非常喜欢上语文课，更喜欢李老师给我们讲故事。记得有一次，李老师给我们讲《闪闪的红星》的故事，潘冬子在胡汉三家中做牛做马，起早贪黑给他们家干活，还经常遭到毒打，每天早晨要给胡汉三全家人倒马桶。李老师问大家："你们知道马桶指什么吗？"一个同学说："马桶就是装麻饼的桶子。"惹得全班同学哄堂大笑。得益于李老师在课内课外的循循善诱和兴趣培养，我后来也成了一名小学语文教师。

有一年秋天，花生成熟的时节，生产队的花生已经起过了（收花生俗称"起花生"），但是花生地里还会留下没有收完的零星花生。我和一群小伙伴拿着小铲子、带着篮子去地里翻土找花生，每找到一颗，都会开心地叫喊。这么多年，我一直怀念那些美好的情景。

在我 12 岁那年冬天，一辆大卡车载着我美好欢乐的童年离开了吴山口，把我们家拉到一个叫花岗的地方，从此我告别了故乡。去年冬天，我陪爸爸妈妈去吴山口，再次走进了吴山口街。离开家乡已经 40 多年了，如今的吴山口街面貌有了很大改变，再也看不到以前的土墙茅屋，别墅似的两层小楼比比皆是。漫步在街心，我看到了许多乡邻，但大多不熟悉。这不禁让我想起了唐代诗人贺知章的《回乡偶书》："少小离家老大回，乡音无改鬓毛衰。儿童相见不相识，笑问客从何处来。"

是的，如今的我已经成为家乡的客人，但无论天涯海角，无论青丝白发，那浓浓的乡情依然缠绵心中，那亲亲的乡音依然萦绕耳畔。山河无恙、岁月静好的故乡，永远安放在我的生命里。

"月亮……事情……"写到这里，那悠扬的歌声又在我的耳畔响起……

作者简介

金菊，女，1964 年 9 月出生于吴山口，本科学历，中共党员，高级教师。先后在吴山口小学、花岗中学、肥西师范读书。1983 年 7 月参加工作，先后在花岗小学、肥西县上派镇第一小学、肥西县实验小学、肥西县上派学区中心学校任教。现任肥西县上派学区中心学校党委副书记、副校长。

记忆中的故乡

文 / 李晓春　图 / 王月敏

不知不觉离开故乡已经 40 多年了，往事久远，却历历在目。

故乡吴山口又名山口，位于合肥市肥西县紫蓬山南麓，是一个古老、淳朴、祥和、宁静的山村街道，记忆中当时由 4 个生产队、十几家企事业单位组成。

4 个生产队，即南头生产队、北头生产队、街后生产队、许塘梢生产队；十几家企事业单位，即供销社、食品站、信用社、油厂、手工业合作社、茶馆、卫生院、兽医站、电灌站、代销店、

石料厂、小学、中学等。

多年来最令我难以忘怀的是故乡的春节。故乡的年味最浓。进入腊月，家家户户都忙着做年糕、粉扎，孩童们就守在边上等着吃，新鲜的粉扎蘸上手工做的黄豆酱，吃起来味道特别鲜美。出锅的粉扎晾透后切成条，再晒干，可收藏起来随煮随吃。年糕的做法是，用手推石磨将泡好的大米磨成浆料，下边用木板围成长方形的池子，池底铺上草木灰，上面再铺上一层白布，磨出的米浆滴在布上，待米浆初凝后用手做成年糕，再用锅蒸熟凉透后放在水缸里养起来，以备招待客人。

家乡有多家手工作坊，记得有"李记挂面""卫家豆腐"等，年关时，这些作坊一般都是来料加工。制作手工挂面是个技术活，一般人掌握不了。"李记挂面"的做法类似于兰州拉面，面头的两端用细竹竿撑起来上下不停地拉，拉到恰当长度后，放在两米高左右的木架上固定，之后移至室外，在阳光下风干，风吹时挂面像琴弦一样颤动。"卫记豆腐"遵循一锅豆浆只挑两至三张豆腐皮的祖训，保证豆制品的品质，故"卫记豆腐"口感特好。这些家乡的味道一直弥漫在我的心间，挥之不去。

大年初一，头等大事就是开大门、放鞭炮，辞旧迎新，祈求一年顺吉。年年如此，家家如此。大人们会手持竹竿挑着长长的爆竹燃放，有放闪光炮的，有放"二踢脚"的，给人地动山摇的感觉，整条街道浓烟滚滚，到处充满硫黄味。那时，我们小孩子就穿梭在烟雾里，走街串巷地拜年。我们手里拿着袋子到每家每户磕头拜年，家家都准备了拜年随手礼，有花生、炸米花、糖果等。家境好的会给孩子们一个元宝（卤鸡蛋），或一支香烟，或一角钱，孩子们欢天喜地，留下一路笑声。

大年初一一过，街上各单位负责人就会举办"往年酒"，轮着请，就这样一直喝到正月结束。

每年春节，离开家乡在外工作的人一定会回乡过年，那时是计划经济，没有外出打工的，只有在外工作的。浦家炳、卫永平、金邦宥、艾光银、许长学五位必定回来过年，他们也给闭塞的小镇带来了外面的趣闻逸事。

故乡的"双抢"（抢收抢种）也是我忘不掉的，那是20世纪70年代一道亮丽的风景。学校放假让学生回家帮忙，公社文

化站收集先进事迹与模范人物进行宣传表扬，每天一期"双抢战报"，街头的高音喇叭播放着豪迈的歌曲，最深入人心的歌是"东风吹，战鼓擂，现在世界上究竟谁怕谁，不是人民怕美帝，而是美帝怕人民……"。

白天收割下来的稻子全部被肩挑至打谷场翻晒。夜晚的打谷场则是另一番景象：月亮从东方的山头缓缓升起，圆圆的，泛着微红的光，满天的星星在遥远的天空像眼睛一样不停地闪烁；老人和孩子们三三两两地夹着凉席、拿着蒲扇、光着脚丫来到街后打谷场。打谷场上也是一派繁忙的景象，一些人赶着老牛拖着石磙脱粒，一些人拿着叉子翻动稻谷，汗珠顺着脸颊不停地往下流。打谷场另一边空地上，老人们一边乘凉，一边拉着家常，孩童们在草丛中捉萤火虫，欢声笑语声声入耳。

打谷场上的声音渐渐停息，只有虫儿在草地里鸣叫，牛郎织女隔河对望，劳累了一天的人们进入了甜美的梦乡。

故乡人杰地灵，文化气息浓厚。我还记得，20世纪70年代排演的两出样板戏《红灯记》《沙家浜》，像模像样，远近闻名，导演、演员、化装、乐队、布景等全由土生土长的吴山口人担任。黄基珍扮演的沙奶奶、谢正兰扮演的阿庆嫂、解启平扮演的胡司令、秦帮典扮演的李玉和、程国敏扮演的郭建光等舞台形象至今仍令人难忘。

如今，我们走在中华民族伟大复兴的征程上，作为一个离开故乡多年的吴山口人，我真心希望我的故乡做好产业规划，筑巢引凤，让百年古镇再次腾飞。

"坐地日行八万里，巡天遥看一千河。"世界在变，家乡在变。随着时间的推移，我对故乡的记忆越来越清晰，对故乡的情感也越来越浓烈。

作者简介

李晓春，男，1963年出生于吴山口，同济大学结构工程系工民建专业毕业，工学学士，高级工程师。曾先后就职于安徽省建工集团、安徽新鑫股份有限公司、安徽省旅游集团、锦江麦德龙现购自运有限公司、安徽省众城集团。曾全程参与中国科学技术大学西区、合肥炮兵学院建设工程。参与引进"麦德龙合肥包河商场"并负责项目建设。主持引进洲际酒店集团旗下"智选假日酒店淮北新天地店"、雅高酒店集团旗下"宜必思酒店淮北南黎路店"并负责项目建设。

那个时代的"颜色"根植内心

文 / 艾宁可　图 / 王月敏

　　有一句俗语叫"给你三分颜色,就想开染坊",这句话通常有两种含义:一种是得到了一些染色的原料,就想开个染坊了;另一种是比喻得到别人一点好脸色,就忘乎所以,产生非分之想。

　　其实,开染坊是一件很不容易的事,这还得从我太爷爷说起。

　　清末,我的太爷爷在孙集经营一家米行,家里有一定积蓄。我的爷爷小时候在黄中湾帮人放牛,没读过书,不识字。太爷爷为了爷爷以后日子能好一些,便安排爷爷在孙集吴家染坊学手艺。爷爷非常珍惜这次机会。为了尽快掌握印染工序的技术要领,他诚恳地向师傅们请教,主动参与染坊作业,常常最早去、最晚归。师傅们觉得爷爷既勤奋,又懂事,都很乐于传授技术给他。仅仅两年时间,爷爷就全面掌握了印染的整个流程,并且技术精湛。师傅们都很喜欢爷爷,甚至后来爷爷来到吴山口自立门户,开创艾家染坊,还有几位师傅主动来吴山口帮助爷爷。

　　1911年,太爷爷认为爷爷在印染方面的技术已经成熟了,有能力自己创业了,就把周家的染坊盘了过来,交给爷爷经营。

　　爷爷接手染坊时还不到20岁,未成家。他十分重视这难得的机遇，便全身心投入，精心经营艾家染坊。那时印染中有一种原材料是在舒城种植的，为了保证布匹的质量，爷爷不假他人之手，每次都是亲自去舒城采购原料，采购回来后还要在地窖中放一段时间，再投入使用。为了提升艾家染坊的信誉、扩大影响，他注重把握每道工序的精准度、每种颜料的质量，考虑印染技术的更新，在印染关键的地方他更是亲自处理，确保艾家染坊出品的每一件产品都是精品。

解放前，农户家大多数是自己织布，再送到染坊加工上色。吴山口周边只有我们一家染坊，加上爷爷做生意信誉良好、布匹印染质量好，染坊的生意当然是越来越红火。

染坊在我爷爷的倾心付出下，规模不断地扩大。他带着家里

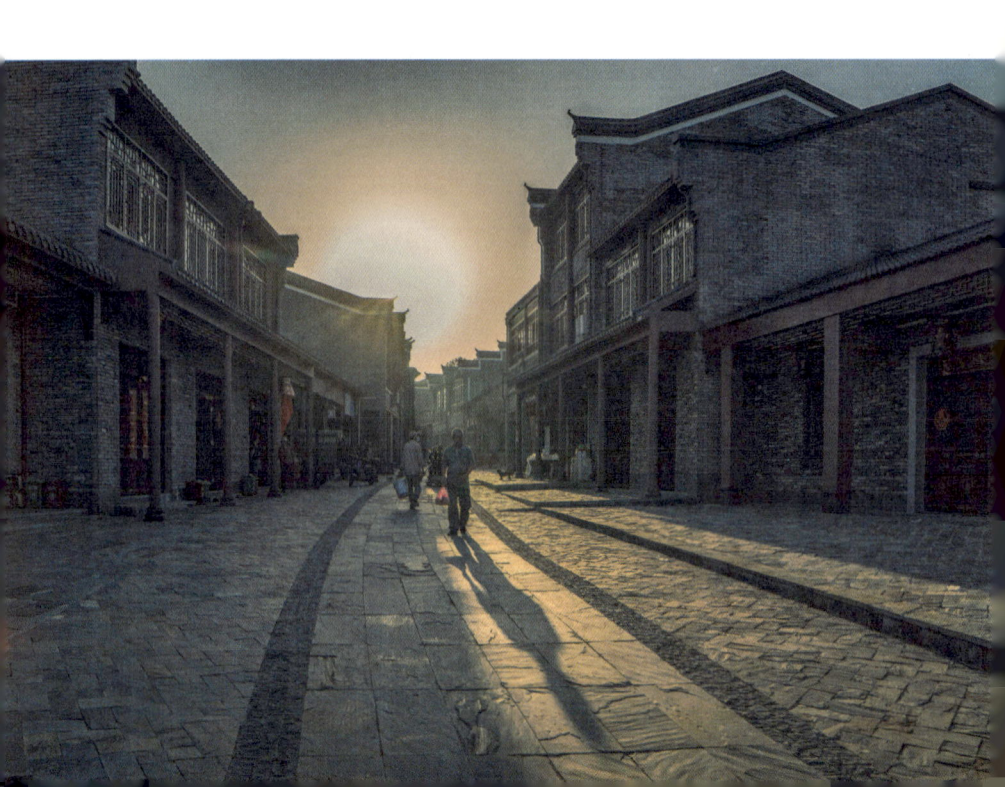

的亲戚一同做起了染坊生意，雇用了周边一些穷苦人做员工，也收了几个上门拜师的学徒。其中黄泥山洼的艾德安是我爷爷的堂弟，爷爷把印染技术全部传授给了他。后来染坊加工间的事由艾德安全面负责。1942年，爷爷又在农兴开了一家染坊，就由艾德安经营管理。

随着染坊经营的不断完善，爷爷的生意头脑和眼光也越来越好，他看准了当时油坊少，农民收了油菜籽换油困难这一商机，迅速建起了油站，不仅方便了农户换油，也增加了家庭收入。

过去，吴山口是南方去往合肥的交通要道，来往的客商很多，途中都会在吴山口歇一歇。爷爷和经常来往的客商交流多了，了解到这些经常在外的客商出于安全考虑，时常要把现金兑换成银票，有时也要把银票兑换成现金，于是建立了商号"同泰祥"。因为爷爷人品好、守信誉，很受客商的信赖，越来越多的客商选择在"同泰祥"兑换现金与银票，艾家的生意越做越大。

我爷爷因为不识字，创业过程中也遇到过一些困难，就更体会到读书识字的重要性。1930年，爷爷将我大伯和我父亲送到了当时合肥县在肥西设立的一所师范学校读书。后来，我大伯和父亲都走上了教育工作岗位，教书育人一辈子。

20世纪60年代初期，吴山口发生一场大火，整条街几乎被烧尽，我家的染坊也在那场大火中消失。一场大火虽然烧毁了家园，烧尽了财物，但是烧不灭艾家染坊的精神。爷爷虽然没有给我们留下什么财富，但是那个时代的"颜色"已深植我们的内心。艾家染坊的"处世以谦让为贵，做人以诚信为本""与人为善、与邻为友、严己宽人""勤奋创业、勤俭持家"的精神传承了下来,形成了吴山口艾氏家风,也成为吴山口地区优良乡风不可或缺的一部分。

作者简介

艾宁可,男,1965年10月出生于吴山口。1986年加入中国共产党。在职期间完成了学历提升,2007年获得东北师范大学数学专业本科学历。从肥西师范毕业后,一直在肥西从事教育工作,现任上派初中物理教师。

在苦难中成长，在幸福中感恩

文 / 金邦宥　图 / 武方

　　记忆中的吴山口古街的长短宽窄和今天差不多，南北走向，南北两头都有门楼，在街中间有东西两条长巷，巷口外都有闸门。从北到南，都是草顶土墙的房子，每家门面向街心伸延草棚，无论下雨下雪，在草棚下，从北头走到南头都不湿鞋。街心全是用青石板铺成，逢下雨天，我们一群小孩子赤着脚在街心戏水，玩得不亦乐乎，回到家免不了被家长一顿呵斥或抽打，因为一身衣服全都被弄湿了。

　　那时小孩没什么玩具，想玩什么就得自己动手做。我还记得用竹子做水枪，就是砍一截六七寸长的竹子，在一头钻几个小洞，另一头安个活塞装在竹芯里，一个简易的水枪就做好了。用时，一只手拿着水枪，另一只手拿着活塞杆，把水枪插到水里，然后把活塞杆往回抽，水就装进水枪里；只要把活塞杆向前一推，水就从竹节的小洞里喷射出来。那时我们放学后，大点的孩子会帮家长做些力所能及的事情，其余的时间就是玩。我们经常做南北洋开战的游戏，小朋友分成两组，拉开距离，拿着水枪、木头做的大刀向前冲。玩得开心时，经常忘记吃饭的时间，家长到处找，找回家免不了一顿打。特别是夏天，炎热的中午，几个小伙伴拿着长竹竿，竹竿一头系着马尾毛，打个活扣，到树下捉知了；晚上结伴到菜地里捉"纺棉姑"（一种会扇动翅膀发声的昆虫），放到用麻秸秆做的小笼子里，然后挂在家里，早上摘南瓜花放在笼子里给它吃，晚上听它唱歌。这就是我们孩童时期的课外生活，现在想来，那时玩得也挺开心的。

我7岁的时候上了吴山口小学，9岁时母亲去世。父亲当时在吴山口街经营日杂小百货生意，因资金短缺，生意惨淡，入不敷出，加之父亲年老体衰，母亲去世的第二年，父亲吐血如涌，吓得我大哭，急忙找来医生，对父亲进行抢救，邻居们也赶过来帮忙。家里原来就四壁空空，经过这一劫，日常生活就更加难以维持了，常常吃了上顿没下顿，我自然而然地就辍学了。记得我的小姐夫离我家20多公里，他挑了50多公斤粮食，翻山越岭送到我家。后来父亲身体逐渐康复，他开了个小饭店，勉强维持我

们两人的生活。这时已经是1949年了，吴山口街解放了。

解放后，吴山口街办起了夜校，"扫盲"运动开始，不识字的男女，白天劳动，晚上上夜校读书。吴山口设立了紫蓬乡，姚成好任指导员，他在开会时说："我们不仅要在物质生活上翻身，文化生活上也要翻身，年龄大的男女青年，白天劳动，晚上上夜校读书，适龄的孩子要到学校念书。"姚指导员不仅在会上号召，会后还挨家挨户上门动员。我这一辈子都记得，姚指导员到我家对我父亲说："你家孩子正是读书的年龄，应该让他上学念书，不能荒废了孩子。他正在成长，以后长大不能当睁眼瞎。你们的饭店也联营了，生意会越来越好的。"我父亲读过书，听了姚指导员的话，父亲说："共产党的干部就是不一样，处处都为穷人着想。姚指导员讲得对，你明天就去学校念书吧，一定要好好念书啊！"当时我高兴得不得了，我最想念书了，是姚指导员帮我实现了这个愿望。我把这个好消息告诉我正在上学的好伙伴们，他们都替我高兴，因为我们又能在一起学习、玩耍了。

吴山口小学在街南头，校门朝东，门前有口大塘，再向东远点是吴山口街南头碉堡，解放前，曾在这里办过学堂；解放后，吴山口小学就设在街南头了。解放初期，在南头的一块开阔地上有个篮球场，到了傍晚时分，不少大人来打篮球，这在吴山口是闻所未闻、见所未见的事情，对我们小学生来说，更是新鲜的、陌生的事情，它深深地吸引了我们。每天下午放学后，我必到篮球场看别人打篮球。实际上，一开始来打篮球的人也不懂得规则，只知道把篮球投到对方的球篮里就得分，两个队谁的队投篮得分多，谁就是赢家。有一天在球场上，一个姓杨的大个子队员抱着球就向对方跑去，对方一个球员说他犯规，裁判也吹了哨子，但杨姓大个子还一个劲儿向对方篮球架下跑。这时对方一个球员把他拦腰抱住，不让他活动了，他还振振有词地反问别人："为什么不让我投篮？"周围的观众哄堂大笑，大个子球员把球一扔，气呼呼地跑了。每每遇到大人们不打了，就轮到我们小孩子上场。这个球场没过多久就被移到吴山口小学的操场上，我们真是心花怒放。不久学校调来了一位体育老师，姓阮，30多岁，和蔼可亲，同学们都喜欢和他接触。当时吴山口小学是完全小学，学校体育运动项目很多，有单杠、双杠、云梯、跳绳、跳远、跳高、篮球等，每天早读后，全校师生做广播体操。每年春暖花开，老师就带着同学们外出远足。

一晃小学毕业，我考取了设在张老圩的肥西中学。1959年的下学期，我还在上初中，一天上午，家里来人告诉我，父亲去世了。我当时吓晕了，不知怎么走回家的。父亲在世时，是联营饭店的会计，他的丧事都是饭店的领导、同事和亲戚、邻居帮忙处理的。安葬好了父亲，我回到了学校，向老师报告了家里的事情，老师和校领导研究决定，给我全额助学金，叫我安心读书。初中毕业后，我又考取了高中，学校仍给予我全额助学金，一直到我高中毕业。

我常常回想，我在念书期间遇到了好机遇——中国共产党的领导。在党的阳光雨露的沐浴下，我一个穷苦家庭的孩子幸福地念完了小学、初中、高中。

1962年,我高中毕业,回到了吴山口。那时,我家在吴山口街上的房子被一场大火烧没了,我只好住在吴山口大队部的屋里。

吴山口街的那场大火几乎烧掉了所有的房子,当时花岗区芮店公社紧急动员群众,调动各方力量,筹备建筑材料,要求在最短的时间内,把街两边的房子恢复起来。那一年也巧,县商业局(当时供销社和商业局为一个单位)在吴山口收购了大量的荒草,经县政府同意,这些荒草用来支援吴山口街建设,解决了吴山口街恢复重建的一个大问题。在吴山口街居民披星戴月的辛勤劳动下,吴山口街在很短的时间内重建了。

高中毕业那一年,街上和我一样回乡的有3位同学,我们一起讨论,准备外出寻找工作。这时,已经担任芮店公社书记的姚成好找到我们,问我们有什么打算,愿不愿意在家乡工作,并给我们时间考虑。听了姚书记的话,我们三人商议后,决定就在家乡工作。芮店公社党委很快就给我们落实了工作。

从出生到全家搬离吴山口街,我在吴山口生活、学习、工作了整整30个年头。吴山口街是生我养我的地方,这块热土是我的根,是她养育了我。尤其是解放后在中国共产党的领导下,在我成长过程的不同时期,是党培养了我。在前进的道路上,我时时刻刻提醒自己,听党话,努力工作,报答党对我的培育之恩。如今我已是耄耋之年,体弱多病,不能为党工作,但我总是教育孩子们,听党话,跟党走,好好工作。

如今,我的家乡吴山口已成了一座美丽的徽式建筑古村落,平整的青石板铺就的街心，街道南北头建了有宫殿式的城门楼，街道两头各恢复重建一座雄伟的碉堡，街南头的广场上建有一座宫殿式的大戏台……村落四周有参天大树，有各式各样的花圃，绿树成荫，鸟语花香；周围的大小池塘清澈见底，水中有楼阁水榭，木栈道一波三折通向岸边；人行辅道的两边，各色花草迎风摇曳，人行走其间，心旷神怡。

吴山口街的华丽蜕变，是在中国共产党的领导下发生的，没有共产党的领导，就没有吴山口街今天的变化。我们坚信，吴山口街的明天一定会更加美好。

作者简介

金邦宥，男，1940年12月出生，高中文化。1971年1月入党。先后在花岗供销社和肥西县供销社工作，曾任花岗供销社主任、肥西县供销社主任、肥西县供销社党委书记。

深藏在记忆中的故乡

文 / 艾光银　图 / 武方、艾光银

　　按照吴山口的风俗，春节最为重要。进入腊月，大人们早早就叮嘱小孩，讲话要注意，不吉利的话不可说。腊月二十三开始扫尘，从屋顶到地面要清扫干净，送灶神。年三十就更重要了。大人们用草纸给乱说话的小孩擦一擦嘴，预示讲了不吉利的话不算数；发压岁钱，钱虽不多，但孩子们早就盼望着呢！盼望穿新衣，吃上好吃的。初一至初三是不动生米的，年饭在年三十就煮一大锅，足够吃到年初三。桌子上的一盘鱼是不能动的，要等到正月十五过了才可以吃。其中，年三十晚要"接祖宗"，即祭奠

逝去的上辈之人。把酒席摆好后，户主把酒倒到地上，最后烧纸祭拜他们。祭拜由最长者开始，按辈分大小跪拜，全过程外人不可介入，嫁出的女儿不参加，童养媳及结过婚的媳妇可以参加。家门口挂有"君命灯笼"，说明这家在"接祖宗"，其他家的小孩不可乱闯入，大人就更不必提了。年三十这一天大门不关，等到一切就绪才关上大门，贴上"开门大吉"的红纸封条。年初一开门放炮仗。邻居们也有数，早有很多人在等着，也不可敲门催人家开门。开大门后街坊邻居互相拜年贺岁，平时有些嫌隙的人通过拜年，意见也就消除了。有的家里兄弟多，不团结，但春节一过也就和睦了。

　　正月里玩灯、玩狮子、玩花船、唱门歌。民间的艺人唱的门歌都是随口编的，家家户户都要玩到，真正的"宁丢一村，不漏一户"。

吴山口除春节隆重外,清明、端午、中秋、冬至等节日也各有特色。中秋节我印象最深,就是玩火把。那时玩火把的材料孩子们早在一个月前就准备了,不动家里什么东西,材料是比较硬又易燃的大头蒿秸秆,做的火把容易玩。这一天晚上可以"摸秋",即可以扒人家的芋头、玉米等好吃的东西,大人说,今晚的行为不算偷。

在吴山口,女人结婚的标志是"梳巴巴头",大姑娘是一根辫子,出嫁时梳巴巴头,还要用根细线绞面,叫"交面",即面部无汗毛了。很早的时候,姑娘嫁人前不知丈夫是什么样子,更谈不上恋爱,结婚之日到晚上才见到真人。出嫁的姑娘在晚上进入夫家的门,新娘不可脚踏土地,从娘家出门由男士背着,放到花轿上,到婆家下来由旁边的人在地上铺上布袋,脚踏在布袋上进门,一共两个袋子传递着向前进,新娘踏在袋子上走进男方家里,这叫"传代"。新婚之夜有"听房"的风俗,即安排一个不太懂事的孩子在新房门外或窗户底下偷听两口子讲话,事后向大人回话,说说晚上听到的一切。新娘三天后回娘家,娘家的花样又是一套一套的。

说到吴山口文化,不可不提吴山口剧团。吴山口剧团主要演出传统京剧,我记忆中有《孔雀东南飞》《白蛇传》《梁山伯与祝英台》《秦香莲》等戏,都是有教育意义的剧本,导演和演职人员大多是吴山口本地人,主演有张俊凤、黄基珍、解绍梅、浦家炳、谢正兰……

吴山口人喜欢写毛笔字,每到春节时会写毛笔字的人都会大显身手。那时我虽小,但是看大人们评价谁家的春联写得好,我就看在眼里,记在心中,回家偷偷地模仿练习。

时至今日,故乡的一些习俗仍在传承,可大多已不见了。偶想起,难割舍。

作者简介

艾光银,男,生于吴山口,曾就读于吴山口小学、张老圩中学、六安高级中学、合肥工业大学。大学毕业后在杭州工作,直至退休。一生爱好摄影,摄影作品多次获得浙江省及全国大奖。

我无法忘怀的故乡

文 / 浦家炳　图 / 艾光银、王月敏

美益美，家乡水；亲更亲，故乡情。

中华人民共和国成立以来，我们伟大的祖国在党的领导下，发生了翻天覆地的变化。我的家乡吴山口古街也日新月异，旧貌换新颜。

1947 年，我 14 岁，便跟随叔父来到小集镇吴山口。堂兄浦少轩来此开设一家中西医诊所，当时吴山口没有西医，只有两三家中药店铺，群众对诊所是很欢迎的。

吴山口街位于李陵山南，古朴典雅，南北有更楼、城门。街道为石条铺就，呈现出日久人踏的光滑和小推车碾压的历史痕迹。

由于各家各户都是连架卷棚，故街面显得不是很宽阔。街上百业齐全，有茶馆酒肆、旅店客栈，有周、李、许、解四大银行，有糕饼糖坊、染布坊、小百货商店、当铺银楼，生意兴隆。还有几家药店和诊所。

吴山口街南头紧挨着西边便是吴山口小学，三面是校舍，班级齐全，能容纳200多名学生，琅琅读书声告诉人们，这是吴山口的教育文化中心。

自学校向西约300米有一座土地神庙，香火不断。尤其是逢年过节，吴山口人都要到土地庙前烧香、点烛、放鞭炮，供奉土地菩萨，祈祷保佑平安。

学校的对面正东方约800米处，有一栋楼房，曾为乡公所小衙门，那里有兵丁持枪站岗。

吴山口依山，水源比较丰富，北面有山凹塘、北头大塘，可保证街上人生活和防灾用水。西陶洼有一口古井，水源充足，可保证供应全街居民的食用水，实乃天赐。北街后和南街后各有一个超市，遥相对应，烘托出吴山口街的繁华。

吴山口不仅是一个集贸中心，还是南来北往的交通要道，是商旅过客们难得的驿站。

吴山口街距西庐寺直线距离仅2000多米，每年二月十九日和九月十九日两次庙会，庐江和舒城的香客，以及周围乡镇农村朝山敬香的人、看热闹的人成千上万，都要经过吴山口街再上山，当然，各商家的生意也会格外红火。

每次庙会都有一队从此经过的特殊香客，他们手捧香炉膝地而行,有的两腮穿一长针,乍看真有些惊心动魄。这是有名的"烧苦香"。香客队伍经过吴山口街心时,家家都要烧香点烛相迎,但不许放鞭炮,因为那些人都是跪地而行,恐对他们有伤害。

每次庙会都要七八天,商家都能大赚一笔,当然也要付出极大的辛劳。

每次庙会,任何一路香客都配有一支乐队在前领行,乐器包括管弦乐和打击乐,还有一个小巧玲珑的奏乐指挥台,指挥者手执鼓条和云板,指挥乐队演奏,井井有条,令人赞叹。每支乐队穿过吴山口街道时,当地早就组织好的同样的乐队立马吹奏相迎,一路伴奏出北门,并且要在街头广场上进行一场别开生面的吹奏联欢,其实就是比赛,情景热闹而震撼。震天的锣鼓声和悠扬的吹奏声此起彼伏。每每看到这种场景,都是一种享受。

我最羡慕的是校园风光。这里桃李芬芳,孩子们天真活泼,稚嫩纯朴,歌声、读书声,声声入耳。

解放前夕的某一天上午,我所在吴山口小学的教室内书声琅琅,突然,哨声和教练员的呼喊声向各班级传来:"到操场紧急集合,队列迅速站齐!"这时,校长解远涵领着一个人来到队列前,校长介绍说此位是进驻我们学校的教官,来组建童子军并上军课,要我们称呼他为唐教官、唐教员或唐老师。

童子军要求着装统一,一身绿色洋布军衣军帽,扎皮带,说是"军容整齐,才显得有军威"。这些要求只有少数经济条件许可的家庭才能达到,绝大部分同学家是筹措不到的,我也只能望洋兴叹。

经过半个月的组建,二十几人的队伍成立了。典礼仪式比较

隆重，唐教官全副武装，领着童子军排两行列队在前，洋鼓洋号吹打引导，大队穷学生紧跟其后，大一点的穷学生在游行时都低着头不看人，自尊心受到极大的伤害。

童子军的地位特殊，导致同学间的关系变得越来越疏远，有时甚至形成对立情绪。例如，出操站队，童子军要站在前排；放学时要让童子军先走，上学时也要让童子军先进；童子军与一般同学发生争执，童子军逍遥无事，而普通学生要被罚站，被教官斥责。有些童子军本来品质纯良，但渐渐发生了变化，他们也觉得自己就是高人一等，因此在人们面前自命不凡、神气活现。有的老师对此唉声叹气，又不能直言冒犯这位唐教官，因为他手中有枪。

狐假虎威的唐某人听到了解放大军的隆隆炮声，吓得失魂落魄，逃之夭夭，他没有对他的童子军做些安排和交代，让其自行作鸟兽散。这二十几名童子军只得悄悄地回到了同学中间。在老师们的劝导下，同学们宽容了他们，不久，大家的关系又恢复如初，毕竟都是孩子嘛。

东方破晓，金鸡齐鸣，唤醒了沉睡的山村，穷苦民众迎来了曙光，家家迎接和拥抱解放。

随着解放军工作队的到来，人们的生活方式一下子就改变了。

各种形式的群众组织相继建立起来，如民兵队、妇救会、儿童团、秧歌队等，形式灵活多样，活动丰富多彩。

工作队的同志能歌善舞，堪称文武全才，而且又和蔼可亲，很快就与群众打成一片。

先组织起来的宣传队后来改为文工团，不久就被正式命名为吴山口剧团了。选拔导演、培训演员是当务之急。剧团由工作队的一名戴姓队长任顾问，吴山口村总支书记陈本同任团长，吴山口街知名文人刘逸民任导演，又请来了当时小有名气的专职琴师。经过一番"调兵遣将"，剧团人员基本上有了着落，但还是要筹措一笔不少的经费用于购买舞台道具、演出服装、各种乐器等。吴山口街上几家大的商户，一听说剧团要筹集经费，都争先恐后地慷慨捐助，小家小户的也纷纷尽其所能赞助剧团。

剧团很快运转起来。当时吴山口剧团真是红遍了半边天，在四乡邻近的几个剧团中首屈一指。演员们一连十几场演下来不仅体力不支，有的主演嗓子都唱哑了。

1951年的春季，卫生系统领导到吴山口来召集各私人诊所人员开会，首先宣传政策，而后宣布组建联合诊所，消除单干，走向集体。根据自愿结合的原则，吴山口街组成两个联合诊所，区里还派人帮助盘点各家的药品、医疗器械和必用的办公家具，并明确了规章制度、人员分工等具体事务。大家说干就干。在上级领导的支持下，没过几天，两处联合诊所就相继正式开业了。那天吴山口街各行各业都送来了锦旗，锣鼓喧天、鞭炮齐鸣、热闹非凡，这次我也被吸收为联合诊所的正式成员，从此走上工作岗位，这是我人生的一大转折。

1954年秋的一天，我回吴山口探望亲友，忽听到北街后深山里到处是轰隆隆的爆炸声，一问才知道里面在开山筑路。为了见识这个壮观的场面，我们几个人约定过去参观一下。我们一到警戒区，便有工地指挥手拿小红旗，拦住了我们的去路，告诉我们前面在施工作业，打眼放炮，飞沙走石，很危险，同时炸碎的大小石块堆积地面，不经清理寸步难行。我们看到工地上有起重车、铲车、运输车都等在那里，停止爆破后，筑路大军忙碌起来，搬运走大小石块，道路一寸一尺地向前延伸。

劈山开路作业是何等艰苦，场面又是何等壮观！这条路全长百余里，途经孙集、聚星等乡镇，连接很多村庄。人们对党和政府感激不已，称此举是"天大的行动"，他们相信"好日子就在眼前"。公路修通了，交通方便了，山里的产品从此源源不断地销往山外，走向全国各地。

作者简介

浦家炳，男，出生于1934年，1948年迁居吴山口，就读于吴山口小学。1952年在吴山口联合诊所工作，1954年调至县医疗队，之后入伍。退伍后任县红专大学教师，1975年至1996年任花岗医院院长、党支部书记。1968年至1994年担任县武装征兵体检组组长、主检。退休后，创作并发表诗词千余首，出版著作有《杏林鸣蝉诗词篇》《肥西五老楹联集锦》。

我从学校走进军营

文、图 / 赵本钊

我的童年是在吴山口街度过的。因我亲生父母子女多，家庭很困难，我从 2 岁时就被吴山口街的一对张姓夫妇抱去做养子。养父母没有自己的房子，租的是刘隆海家的两小间后屋。养母龙袖珍去世后，养父又出去做小买卖，家里也就只有我一个人，街坊邻居们都很关心我。我记忆深刻的是大人们对我讲："'小张毛'（我的乳名），你要好好学习呀，光贪玩今后是没有出息的。"后来，我随许义掌校长在黄桥小学和孙集完全小学读完小学。

我小学毕业后，许义掌校长推荐我上了肥西农校，于 1962 年 6 月毕业。那年，中印边界局势紧张，我报名参加了中国人民解放军。

那几年军营生活很艰苦，警卫任务重，主食就是青稞面、豌豆面、蚕豆面，一个月才能吃上一顿大米饭，但同志们很快乐。1964 年我当了班长，后来先后担任副排长、排长。在担任国防科委后勤部西南办事处军工助理员时，我的主要任务是保证科委在西南区各科研产品加工的顺利完成。

　　在任助理员期间,我多次见到我国"导弹之父"钱学森先生,记得第一次是 1970 年 7 月。第二次是 1978 年 6 月 4 日,那天上午,钱学森到我们西南办事处看望国防科委办事处的同志们,他风趣地讲:"今天来看望你们,你们也是专家啊!你们辛苦了!"在场的 30 多位同志都非常感动。之后,他和我们合影留念(下图前排左四为钱学森先生,后排右一为本文作者),这一幕虽然已经过去 40 多年,但每每拿起照片,那情景又浮现在我的眼前。

　　我在国防科委后勤部西南办事处任招待所所长期间,先后接

待国防科委首长近20位，他们大多数是开国中将、少将。1982年秋，我接待过国防科工委技术副主任聂力将军（中国第一位女中将）一行38人。

在这期间，我曾有幸陪同过著名的核动力学家朱光亚首长，并到成都火车北站接他。他是一位很朴素的大科学家，他不住省里军区大宾馆，非要住在我们成都办事处的招待所里，那时我们招待所条件简陋，没有空调。1982年10月中旬他到成都后，不到两个小时，邓稼先院长到了办事处招待所和他见面，我于当晚给两位专家安排了晚餐：绿豆稀饭，一人一个咸鸭蛋，一碟咸豇豆。

往事历历在目。我于1986年回故乡，在肥西县二级机构工作了18年。作为一名能为新中国的科学家服务的吴山口人，我感到十分荣幸，这也是吴山口人的骄傲。

作者简介

赵本钊，男，1943年11月出生，先后就读于吴山口小学、孙集小学、肥西农校。1963年参军，1965年入党，1977年任国防科委后勤部西南办事处招待所所长。1985年转业至肥西县政府招待所，任党支部书记、所长。1997年调县经委任党委委员、党组成员，纪委书记。2003年退休，享受副县级待遇。

永不消逝的电波

文 / 周孝泉　图 / 王月敏

我第一次见到收音机是 1961 年春天。那时我家隔壁有个在合肥上大学的学生，帮我家买了一台矿石收音机。收音机结构很简单，一个线圈，一个带矿石和碰针的玻璃管，管内有一块矿石和两个电极，架上一根室外天钱，埋根地线，在碰针端接上耳机，耳机另一端接地，便可收到广播电台的节目了。收音机声音虽小，但耳机是带橡皮罩隔音的，戴上耳机就像空军飞行员一样，很神气。

我父亲说，1938 年前我家就有这个玩意儿，由于鬼子进了南京，就再也收不到广播了。我父亲收到的最后一次播音，内容是"中央广播电台，这是最后一次播音，以后电台将西迁……"，时隔 20 多年，祖国大地翻天覆地，换了人间。至 1961 年，吴山口街也就仅此一部耳机。

上初中后我才知道那个大学生买的叫半导体。到 1965 年，吴山口终于有一家买了一台五管晶体管黄山牌收音机，比之前的半导体的声音大了很多倍，音量开到最大时半条街都能听到。这台收音机成了吴山口街人人羡慕的奢侈品。后来吴山口供销社从西藏来了一位转业军官,他竟带了一部便携式七管收音机,超外差式两波段,谁能见到一次都是幸运的。我对收音机的好奇和向往一直埋在心底,我想,将来有一天我一定会有的……

——

1966年,我刚上完高一课程,"文革"开始了。除了写大字报就没事了,暑假也不回家,我们好几个同学在物理老师那待着,最后竟然跟老师学起无线电来了。老师有好多旧的《无线电》杂志,我如获至宝,在他的指导下,我学得很快。我们每个同学都买了一部来复再生式两管机,从县城新华木器社捡几块三合板边角料,用牛皮胶粘几个小方盒,在小方盒里放上组装好的零件,就做成了一台小小的收音机。这种收音机收本地台效果很好,收外地台信号不稳定,有时声音会消失。当时也见不到更好的电路介绍,经济条件也不允许,后来,我就中断了无线电的学习。

1966年秋，我们学生在全国各地串联，学校给每人发40多元的串联费，于是我又重新摆弄起无线电。我把大部分钱都用在买无线电零件上，那时一只处理品三极管要7角钱，一只飞乐2.5寸动圈喇叭要4.5元，装一台袖珍型收音机要花费10元。但我毫不吝啬，因为我喜欢。

1967年下半年开始，我留在了家里。由于我自装了收音机，音量又很大，引来了街坊邻居、乡下亲友们的注意，且县城里的收音机零件也很好买，我便经常给人家装单管机、双管复合放大机。单管机用手拧接，两管以上就必须要焊接了。烙铁是买来的，电烙铁头绑在钢丝上挂在焊油灯罩上，还能凑合着用。复杂的电路就不行了，由于没有书籍可看，又没有通电，农村的无线电安装维修根本谈不上。

1968年下半年，我到化岗供电所参与电工培训，一去就是半年，这下我的电烙铁终于有电可用了，并且供电所还有一块木壳500型万用电表。有这家伙，检测零件、测量电路电流电压就方便多了，它是维修人员的眼睛，零件好坏、电路状态一目了然。

随着农村收音机逐渐增多，维修也就迫在眉睫。我虽有收音机图纸，但只能认零件接线，弄不懂电路工作原理，所以也只能修理表面故障。而且有的零件市场上根本买不到，眼睁睁地看着人家把收音机带到合肥去修，有时要半个月才能取回。那时超外差收音机很少，我们也不懂什么叫超外差，只知来复、再生这一类收音机。通过实际测量，我对电路各点的电压、电流数据也掌握了一些，为以后修理更复杂的收音机打下了一定的基础。

直到 1975 年，吴山口也就几户人家买了体积庞大的、灵敏度和选择性都不是很好的收音机。其他人家都是我们装好的舌簧喇叭复合放大机，仅能收一个本地台，而且要架室外天线。1975 年秋天的一天，我去化岗中学一位教物理的同学那里玩，在他的桌上，我见到一本《晶体管收音机及其修理技术》（顾仙槐著），我立即拿来翻阅。我的同学理解我，说："老弟这本书送你了，这书很好，拿回去好好看，只有学好理论，你才能真正修理收音机。"从这之后，我把那本书看了好多遍，重要地方做了笔记，对收音机零件特性、电路组成、工作原理及工作状态也都基本上弄清楚了。

1975 年之后，我终于敢向晶体管超外差式收音机"进攻"了，多次修好故障收音机。1976 年春，我按照上海厂"海鸥"牌六管超外差式收音机图纸组装了一台收音机，并叫木工朋友仿黄山机做了个木壳，涂上漆，很有特色，各种性能都不比原机的差。这台收音机我一直用到 20 世纪 80 年代初才送给了朋友。从那时起，吴山口地区的收音机不曾外出修过，安徽省电台的信号在每家每户也再未消失。

二

小小收音机故障多且复杂，难以维修。1992 年，我在安大学遥控彩电维修时，我的老师说："别看小小收音机，有的大学物理教授也不见得会修，更何况彩电呢？"书上说的和实际维修中遇到的根本衔接不上，我很少在遇到维修瓶颈时，能从书本得到对应的解决方法，越难越找不到，这就导致我只看书本理论，并不在乎书本上的维修解答。

为了弄懂晶体管超外差收音机的维修方法，一台故障收音机我需花上通宵的时间维修。实践出真知，通过上十年的磨炼，我终于吃透了导致收音机出故障的原因，可以根据故障现象直接把故障定在单元电路之中，并基本无差错。

学电视维修我采用信号注入法，零件有几十个脚，吸铁器都不能奏效，我将兽用注射针头和吸铁器合用，能无痕拆除和无痕焊接，这种方法多年后我才在《无线电》杂志上看到报道。那时，我真的有点佩服自己。

1982年，省城和县城的很多私人家已开始有了12寸黑白电视。为了掌握电视维修知识，我在家境还较困难的情况下，和吴山口另两位朋友亲自去合肥无线电二厂购买了三台电视。我们是吴山口街第一批私人拥有12寸黑白电视的人家。这批电视是全国联合设计，进口日本显像管，特点就是一直不坏，使我没有维修机会。直到1985年吴山口地区电视逐渐增多，杂牌多了起来，五花八门的故障机也与日俱增。我若不会维修，还叫什么无线电爱好者？压力就是动力！1985年3月，时年36岁的我去了马鞍山东方电子培训中心进行为期40天的黑白电视机维修专项培训。

回到吴山口街后，有花岗人请我去修的，有新仓人送机来修的，吴山口方圆十里大多是我的客户。我收费很低，几乎只在材料费上加点维修费，童叟无欺。我的维修学习笔记本首页至今还有这样一行字：努力学好无线电知识，更好地为家乡人民服务！

三

我几十年中，带出了无数徒弟。有一位在扬州某电能公司一干就是 20 多年的学生，他是高中毕业后在我家学习 3 个多月，然后被招工到扬州。2 年后他来看我，竟怀揣"大哥大"。我说你怎么这大派头？他说工作需要。我说我并没教你什么，他说彩电微处理器、开关电源、末端显示部分和电脑大同小异，在我家 3 个月还是很有收获的，不在吴山口学点电子知识是不会干这一行的。一位学员到浙江台州水晶厂打工，在考试时他根据我的话说了对水晶的认识，结果一去就当上了领班，他们厂就是磨制水晶片的，产品畅销全球。不承想，这些学徒能有如此出息，这让我感到欣慰。

如今的电视信号环绕吴山口古街，这永不消逝的电波，早已飞进寻常百姓家。

作者简介

周孝泉，男，1950 年 2 月生于吴山口，高中文化。喜爱文学，爱好读书。1969 年至 1998 年在吴山口电灌站及吴山口街从事农电工作。其间，先后在东方电子技术培训中心和安徽大学参加电视机维修专业培训。1998 年至 2020 年先后在北京、杭州从事酒店电工工作。

那个绿色的铁皮邮箱

文 / 周孝泉　图 / 张泉

一个地方有邮政业务，间接地说明这块地方的繁荣。在几十年的记忆中，那个绿色小铁皮邮箱使我久久不能忘怀，看到邮箱犹如见到我爸爸的身影。

1961 年冬，一场大火后的吴山口合作饭店终于恢复了营业，并兼作吴山口农副产品交易所。我父亲周星北任合作饭店会计，并经花岗邮政所委托代理吴山口邮政业务。

那时我们很小，但从父亲的言谈中能觉察到他很乐意做这项纯粹为人民服务的事。他和朋友们聊天时大谈邮政的重要性，说到"万国邮政""世界通邮""邮政无国界""两国交战，不杀邮差"，我真的不知道父亲是怎么知道这些事的。直到好多年后我才知道，万国邮政全名为"万国邮政联盟"，是商定国际邮政事务的政府间国际组织，其前身成立于 1874 年 10 月 9 日，我们国家在 1972 年才恢复在该组织中的合法地位。是的，邮政伟大，吴山口小小的绿色邮箱同样意义非凡。

为了方便办理邮政业务，黄厚元经理为我父亲办了个代销店，收入由饭店统一核算。代销店从我家门面腾出一间半房子，这样邮政代办就在我家了。

　　值得敬佩的是那些邮递员。吴山口信件、报纸是他们从花岗邮局送过来的。最早的邮递员姓商。老商年过半百，身体很结实，他身穿绿色工作服，腿上打着绑带，背着沉重的邮包，风雪无阻地往返于吴山口、花岗及沿途街道。在以后的30年间，邮递员换了好几个，我记得有老夏、老周、小李、老黄，个个忠于邮政事业。他们从早晨八点在邮局分拣邮件，九点半才能从花岗出发，到达吴山口时已是中午时分，无论雨雪阴晴，他们或步行或骑车，每天都累得满头大汗。我父亲经常留他们在家吃顿午饭。

他们虽推辞，但饥饿难耐，有时吃个半饱，有时忍饥挨饿就又上路了。他们身上记载着中华人民共和国的邮政发展史。

邮件送到吴山口，平信由收信人本人来代销店领取；挂号信必须由收件人带本人印章来取；而电报必须当日送达收报人，或由熟人带信通知收报人自取；如果是加急电报，我父亲就亲自送达。父亲的收入是卖出100元邮票返还4元工资，以后是每100元返还8元。当时寄一封信邮票要8分钱，这点收入等于是白白劳动，但他乐此不疲。

改革开放后，订阅报刊的人越来越多，原先是单位订，后来发展到私人订阅。邮件报刊一来一大包，这可把我父亲累坏了，这么多报纸杂志全在我父亲处订，邮件一到，就要按订单分发，不能有误，还好大部分报刊由订阅者自己来取。

那时，汇款单基本上每天都有，10元至50元不等，寄给老人的较多。拿到汇款单要到花岗邮局取款，十几里的路，六七十岁的老人走都走不动，他们盖完公章私章后，我父亲有时预先付了。凭着对邮递员们的信任，再由他们代取，几十年来从未出过差错。这当中有从叙利亚大马士革寄来的国际邮件，有从台湾、香港发来的邮件，从海南岛、西藏、新疆、东北三省发来的信件更是常事。

在往来的信件中，有许多是异地夫妻或情侣之间的通信，这些都必须要收件人亲收，这对保障他们的隐私是非常重要的。他们有的提前打招呼叫我父亲收好，不能被他人截取。可见小小吴山口邮政也责任重大。有一次，有一封从台湾发来的信件，我父亲知道他家里人不会查信，便叫我直接送过去。他家人打开一看，信里竟夹着一张 50 美元的钞票。他家人说，台湾信是很难寄过来的，必须经香港，但只要寄到我们吴山口，那就万无一失的。

如今吴山口街每天收发的快件有上百件，分发工作采取手机扫码方式进行。时代淘汰了那个绿色的铁皮邮箱，可它在我心里烙上了深深的印记。

开进春天的班车

文 / 余成林　图 / 武方

　　万物生长，应春而发。那是1994年的春天，古老的吴山口迎来了有史以来第一辆客运班车。那天阳光明媚，我在伙伴的陪伴下，花费58000元由江苏省张家港市提出当时盛行一时的红色牡丹牌中巴客车，一路欢歌地开回吴山口古街。途经芮店街道，路的两边已站满了欢迎的人，鞭炮齐鸣，场面壮观，他们一路把我迎至吴山口街头。

　　我是吴山口购车第一人，因为当时古街交通不便，人们进城购物都得转好几次车，家住吴山口的我作为个体户，购买第一辆客运班车，也是倍感骄傲。入户时我选了个比较好的号码——皖A608××，这个号码我终生难忘。我第一次将满满一车的吴山口人，由小山村送进省城合肥时，心情无比激动，我为能帮助家乡人解决出行难而倍感荣幸。小小的班车，不仅为吴山口人出行带来方便，更为古街的贸易往来带来了生机。

记得新车到家不久的第一次长途出行，是满载16位故乡人开往三峡大坝，参与三峡大坝建造工程，这让我第一次感受到自己的价值所在。此后我陆续开着这辆车带着家乡人出行至山东、上海、昆山、杭州等地旅游观光。

古老的山村，每家房前屋后都有柿子树。每当柿子红了时，放眼望去，成熟的柿子金灿灿的。勤劳的山里人不怕吃苦，天还没亮，就挑上百来斤成熟的柿子，乘车赶往省城销售。那时合肥市的大街小巷随处都有吴山口人的身影，以前从来也没有出过山村的柿子成为山里人又一经济来源。

1996年的秋天，我又购进了第二部客运中巴车，开始专门为吴山口人的旅游出行服务。

改革的成效在吴山口人身上体现得淋漓尽致。为了让山村人早出晚归更便捷，我组建了吴山口客运车队，这是全省第一个村乡通往省城的客运车队。交通的便捷给吴山口古村落带来繁华的同时，也使人们的文化生活丰富起来。每年的农历二月十九日、九月十九日紫蓬山庙会，南来北往的香客云集，客运车队司机们中午来不及吃饭，往返花岗与紫蓬山南门之间。那时从吴山口到花岗的公路还是石子路，吴山口客运车成为一道亮丽的风景，满载参加庙会的人们一路飞奔，扬起的一路灰尘就像一条条长龙。

随着时间的推移，国家加大了对农村的投入，人们生活条件好了，私家车越来越多，加上农村公交班车的运营，乡村出行更加便捷了。每逢节假日，出行、旅游的人越来越多，包车旅游时兴起来，我随之购置了两部旅游大巴，开着大巴带着古街居民外出旅游。

一路走来，我见证了祖国大好河山发生的翻天覆地的变化，各行各业欣欣向荣，每一次的出行、每一次的风景都给我留下深刻的印象。如今，吴山口古街已有了公交车，老街人出行更加便捷，吴山口车队也随之结束了它的历史使命。随着乡村振兴战略的逐步实施，古老的吴山口老街的明天一定会更加美好。

作者简介

余成林，男，1963年6月出生于吴山口。安徽山口建筑劳务有限公司董事长，合肥市棠尊商业管理有限公司法人，肥西县芮店供销合作社有限公司法人，肥西县良成畜禽养殖农民专业合作社法人，投资经营肥西县福林家庭农场。1994年9月开通吴山口至合肥市区第一辆客运班车，1995年组建吴山口客运车队。

吴山口水库修建记

文、图 / 黄厚保

故乡吴山口，坐落在丘陵地带，过去常年缺水，种庄稼只能"靠天收"，要是遇上旱灾年头，也许颗粒无收。

1974年，在农业学大寨浪潮的推动下，芮店公社党委决心修建吴山口当家塘。

当年3月，在党委副书记姚成好的带领下，几位水利专家来吴山口调研当家塘分布状况。吴山口地区共有4个大队，即吴山口大队、李陵大队、陀龙大队、林场大队。李陵大队有大水塘、柳塘和石丘塘等，基本解决了该村的庄稼灌溉问题。陀龙大队有郎小郢大塘、王塘等，庄稼用水问题不大。林场大队有大卢塘、张大塘、腰塘等，生产与生活用水也没问题。唯独吴山口大队没有一个像样的当家塘。调研结束后，姚书记提出修建吴山口水库的设想，得到了吴山口地区广大干群的热烈响应。

6月，水利专家来吴山口为大坝选址，经过多方论证，坝址选在吴山口生产队"大八斗"田中间。之后，专家们在四边插上三角小红旗，整个水库的轮廓初步显现出来。

10月，芮店公社成立冬修指挥部，总指挥是姚成好，副总指挥是程家宏、许义掌。下设办公室,主任是李祥盛。办公室下又设了三个小组。

一组是新闻报道组,由李瑜隆、黄厚保、王广甫组成,任务是通过广播、黑板报、号声等形式,宣传好人好事、先进人物,鼓干劲、促进度。二组是物资保障组,由卞仰来、程绍友组成,主要是保障麻绳、铁丝、大铁锹等工具的供应配备。三组是电力组,由张业昌、程少伯、周孝泉组成,任务是立杆、架线、装灯。

当年11月中旬,全公社10个大队2000多名农民浩浩荡荡地向吴山口水库工地行进,埋锅做饭,搭棚作床,前期各项准备工作有条不紊地进行着。

11月18日,冬修誓师大会在吴山口水库坝址隆重召开。上午10时,锣鼓喧天,红旗招展,"工业学大庆""农业学大寨""坚决修好吴山口水库""共产党万岁""毛主席万岁"的口号声震耳欲聋。姚书记提议大会动员报告由我宣读，我念完报告后，全身已是大汗淋漓，紧张得有些分不清东西南北了。紧接着，总指挥一声令下，各大队支部书记手握铁锹，奔向各自的工地，挖土的、抬筐的、打小石夯的，一片繁忙，虽是寒冬，工地却是热气腾腾。

西边晚霞送来了宁静的夜晚，工地上静悄悄的，只有十几个大灯泡放射出昏黄的灯光，好像在告诉老乡们：你们劳累一天了，去休息吧。

穿过工地，我们来到了老乡们住的工棚，里面的景象又一次震撼了我。老乡们吃了晚饭，有的歪靠在地铺上，有的抽着纸烟，有的喝着大碗茶，正在用心地听着大队辅导员讲愚公移山的故事。这时候，有一位老乡站起来，大声讲道："愚公一个人能搬走一座大山，我们这么多人，修一座水库算得了什么？！明天，我们换大筐抬土，加快进度，确保在雨雪到来之前胜利完工，完成党交给我们的革命任务。大家说，照不照？"大家齐声说："照！照！一定照！"

强大的声浪，仿佛要把草棚掀翻。这就是中国农民的担当！写到这里，我的内心一阵感动，眼泪也随之落了下来。

吴山口水库的建成，总共用时55天，我们通讯组共采编了114篇通讯报道，通过广播、黑板报、号声等形式，向工地传播好人好事，其中有夜里偷偷加班的姐妹花，有生病不下工地的草鞋哥……我们用这些有名有姓的身边人、身边事，教育大家，鼓舞大家，大大加快了工程进度，提高了工程质量，为工程早日竣工赢得了时间。

那年冬天,老天爷也很给力,基本没有雨雪,为工程的快速推进提供了条件。1975年1月8日,总指挥姚成好在广播里郑重宣布:"吴山口水库大坝,在全社人员的共同战斗下,已于昨日顺利合龙。这是芮店人民艰苦奋斗的硕果,是毛泽东思想的伟大胜利!"

40多年过去了,吴山口水库依旧水清见底,润泽一方百姓。

作者简介

黄厚保,男,1950年出生,祖居吴山口。初中文化。1968年,中学毕业,回乡务农,任吴山口大队赤脚兽医。1976年,选调新仓公社任兽医站站长。1992年,加入中国共产党,同时任孙集乡兽医站副站长。1996年,转为国家农业技术干部。2012年退休。

心念炊烟，常思故乡

文 / 黄华银　图 / 陈静

吴山口老街路面由青石铺垫，中间高、四周低。据老人说，老街原先经常有车马行走，是周边人唯一可逛的繁华之地。我的家虽不在街上，但直线距离不到 1 千米，不近不远，老街自然成为少时购物、玩耍的地方，也是我那时的世界的天边。

心念炊烟，常思故乡。儿时的我将种种景象刻入记忆深处，那是属于往返老街的柔情与温暖。最让我记忆犹新的有两件事。

一件是"磅猪"。老街南头原来有个食品站，说是食品站，其实就是收猪、卖猪肉的地方。那时，我们把自己家养大的猪拉到食品站去卖，因要用磅秤过重，被称为磅猪。一次年关，我陪父亲去磅猪，父亲左手拉住捆在猪的一只腿上的绳子，右手拿着树枝边吆喝边往老街走去。把猪赶出门时，最伤心的是母亲，她说每天起早贪黑地喂食，把它卖了，心里有些空落落的；最高兴的也是母亲，因为一年到头家里的收入就靠它了，我们一家人过年的新衣服、家里的日用品、孩子们上学的学费就有着落了。到了食品站，工作人员熟练地从父亲手里接过绳子，称重量、定等级，然后结算价钱。父亲接到钱后，首先带我到茶馆，让我吃几个色泽淡黄、清脆可口的狮子头、炸包子。回到家，父母看着空猪圈，轻声对我们说，这几天不要买猪肉吃。由此可见，父母朴实的心里装着的是农民朴素的爱啊。

让我深有感触的另一件事是看病。吴山口老街中南段有个医院，大约两间屋子那么大，医生五六个，科室很少，医疗设施简单，但医生态度温和，每天来看病的人不少。一次，我上学时，腹痛难忍，请假回家，父亲背起我急忙赶到了医院。一位老医生看看我的症状，亲切和蔼地问我，哪里不舒服啊？是不是吃坏了肚子呀？不要紧张，一会儿就好了……最后医生确诊我是胆道蛔虫症。父亲交了费，医生给我吊了两瓶水，药到病除。第二天，带着感动，我又踏进了校门。

最好的世界，就是平凡的世界。吴山口老街曾是我的世界，让我亲历生活的快乐与不易，看到了人们的善良与坚韧。

如今，吴山口老街跟着改革开放的步伐阔步地走进了新时代。街道从土墙草顶到砖墙青瓦，再到现在的徽派古风，与不远处的庐州第一名山紫蓬山交相辉映。经过精心设计和重点打造，吴山口老街消失百年的古堡穿越再现。

　　我常常回家，每次都要从吴山口经过，感受一下乡村山水的美丽，看一看新建的古街门楼，逛一逛刚建好的公园亭台，聊一聊吴山口的古往今来。我真心为吴山口老街的新气象喝彩叫好。

　　归鸦背日，倦鸟投林。蓦然回眸，吴山口永恒。

作者简介

黄华银，男，1974年1月出生于吴山口村东淘洼。合肥联合大学毕业。2005年自考本科毕业于安徽财经大学。1996年12月在肥西县卫健委工作至今，历任秘书长、助理会计师、社会工作师、科长，多次被评为先进工作者。

茶馆里的春秋

文 / 张万应　图 / 陈静

记得小时候，在吴山口这条繁华的街道中间，有几位老人临街经营着一家茶馆。

吴山口分逢闭集，农历单日为逢集，双日为闭集。也正因为分集，赶集的人很多。每逢集市，人们便早早地从四面八方肩挑手提自己家里生产的农产品及饲养的家禽牲口来集上交易。集上设有猪行、牛行、荒草市场和农产品市场，窄小的街道上挤满了人，热闹异常。早上，人们将带来的东西交易完了以后，便来到茶馆喝茶、吃点心、聊天，还有专门上街喝茶、吃点心的，茶馆四间老房子10来张大方桌边坐满了人。早点有狮子头、包子、米饺、春卷、油条、豆沫、糯米糍粑、麻花等品种，口味极佳。每当闭集下午，几位老人便开始忙碌起来。程家福老人掌案，只见他将揉好的面平摊在一张很大的案板上，发酵好的面在案板上鼓起了一个个大小不一的气泡，往发酵好的面上泼上厚重的底油，再撒上盐、葱、姜、蒜末及干红辣椒，卷起，如一条白蟒似的盘曲在案板上，然后顺着一端再拉伸、切条叠卷几次，摁下，一个个精致而又好看且重量大概一致的狮子头就形成了。然后将它们均匀地摆进蒸笼,在土灶的大铁锅上猛火蒸约10分钟,揭开锅盖,热气腾腾的狮子头的浓烈的香气弥漫了整个铺子,飘荡在街心。近看,葱青、蒜白、姜黄、椒红如花一般,此时吃上一个,咸淡适中、松软可口。早上,经过油炸后呈焦糖色的狮子头,外酥内软、满口浓香。还有米饺、麻花、馓子等,皆是上品。

  无论逢集闭集,每天傍晚,收鹅鸭羽毛的、贩货的、赶场的等都陆陆续续地来投宿住店。收拾干净的地上一半打着整齐的地铺,一半晾铺着白天收来的羽毛。店铺一角的方桌边,说书的艺

人支起了小鼓，随着开场的鼓板声响起，街上及周边的老人孩子纷纷聚集到这里，住店的贩子们一人一碗热气腾腾、飘着香气的烧豆腐，就着小酒眯着眼睛听书，一副悠然自得的样子，似乎完全忘记了白天走乡串村的辛苦，自得其乐。有个外号叫"小和尚"的说书艺人，几乎每晚都来说书，在当地也小有名气，什么《水浒传》《三国演义》《隋唐演义》等等，着实让人听得入迷。每说唱一段就有主事的人为他收凑书钱，一般出几分、一毛，每晚也能收个两三块钱。散场后，人们带着意犹未尽的心情离开，每个人的脸上都透出开心和快乐。

那时茶馆的饮用水是我父亲一人从六七百米远的西陶洼大井挑来的。大井由青石垒砌，井面四周用青石板铺成四五平方米的地面，整齐光洁。井常年不涸，水质清澈，甘甜怡人，是吴山口街及周边村民的最佳饮水源。

茶馆有3口大缸，约能盛装20担水，一担水6分钱，我父亲每天负责挑满。一年四季，两边的水稻田从青青的秧苗到金黄的谷穗，从春日的暖阳到冬天的白雪，父亲给茶馆挑水未曾间断。每逢雨雪天气，泥泞的小路又烂又滑，两只装满水的木桶有50多公斤，每走一步都得小心摔跤。那时姐姐们还小，不能帮父亲分担，全由他一人承载。父亲挑完水回家后，浑身衣服早已被汗水湿透。当我和弟弟要吃点心时，母亲便拿出两个父亲用来与茶馆结账的小牌子，我们便高兴地去兑换点心，挑选着自己爱吃的品种。现在回想，我们吃的每一个点心都是父亲辛劳地挑水换来的。长大后，我也帮父亲挑水了，分担他一些辛劳，一直到茶馆停业。

吃着西陶洼大井水长大的我，比其他人对此井更多一些绵柔悠长的情感。如今，随着国家惠民政策的不断颁布，家乡的环境治理、老街改造等一系列民生工程得以实施，家家户户都已用上了自来水，挑水已成了记忆，尘封在我的生命里。

作者简介

张万应，男，1966年6月出生于吴山口。初中文化，中共党员。1999年至2001年在北京中央粮食储备库通州区张家湾粮食储备库任仓储员，之后在合肥全顺模具制造有限公司任采购员及物流司机。现为合肥容纳精密机械有限公司仓管员及物流司机。

上甘岭归来

文 / 董照辉　图 / 王月敏

紫蓬山东南脚下的吴山口,是我人生的出发地,那里有养我、育我、爱我的父母和亲人们。

奶奶改嫁至吴山口时,父亲董常城已经 16 岁。父亲的继父周家福,是解放后吴山口地区首任乡长。父亲和叔父承祖父庇荫,年少无虑,衣食无忧。父亲属马,可以说生在旧社会长在新中国。1950 年 6 月朝鲜战争爆发,这一年父亲 20 岁。

父亲读书不多,谈不上家国情怀,也不会讲一些大道理,可是听说侵略者已经打到了家门口,父亲积极响应号召,怀着一腔热血,戎装飒爽,奔赴前线。

父亲第一次出远门就到了几千公里之外。高纬度的东北早晚温差大,比不了江淮之间温润适宜的气候。南北地理之别,民族文化之异,操着南腔北调、来自五湖四海的战友,身束长裙唱着《阿里郎》、跳着民族舞蹈的朝鲜族姑娘,都让父亲觉得新鲜、好奇。

十月的东北寒流滚滚,千里冰封,万里雪飘。干燥寒冷的天气让初来乍到的南方人手足无措,嗓子疼、鼻流血、上火的情况时有发生,父亲的手脚开始起皮、皲裂、长冻疮……比起糟糕的

天气，更残酷的是战争。父亲所在的部队大多是参加过解放战争的人员，战斗经验丰富，战斗意志坚强。但和美韩部队相比（实际是十六国联合军），他们武器装备落后，后勤保障薄弱。

记得父亲说过，在一次非常艰苦的战斗中，连队指导员做战前动员时问道："敌人是飞机坦克火炮，我们是机枪步枪手榴弹，我们怎么做？我们怎么打？"每个战士都要表态，父亲说："把对手打退，我们就撤；把敌人打垮，我们就回家。"父亲这句朴素的话语熠熠闪光。

风萧萧兮鸭绿江畔，壮士一去兮不复还。父亲看到了刚从前线下来的那些衣不遮体、鲜血满脸的战友，内心受到极大的触动，第一次真切地感受到了死亡的气息。夜晚的工棚营盘无声，夜空像锅灰一样黑，战友的鼾声此起彼伏，父亲拽了拽同样没睡意的战友小声地聊了起来。"你怕吗？"父亲问。"不怕！你呢？"父亲没有回答，接着问："你为什么来战场？""我要立功，去见毛主席。"父亲却说："我想打完仗，平安回家。"

父亲心里一度有了恐惧。然而，父亲想起了爷爷奶奶，想起了家乡的亲人，又想起了营地两旁"抗美援朝，保家卫国"的标语,父亲心想,我怎能让家人蒙羞……这时战友又学着指导员的话说:"卧榻之侧岂容贼人鼾睡?我们一定要把侵略者赶回去。"此时,星光闪烁,远处隐隐地传来飞机轰鸣声。

比起那些短腿少手的兄弟,比起那些生活不能自理的战友,比起那些长眠异国他乡的英烈,父亲是幸运的,父亲带着弹片擦破头皮的轻伤复员。

后来,我们在《上甘岭》《金刚川》《长津湖》这些影片中亲眼看见了战争的激烈和残酷。正是千千万万个战斗英雄,把侵略者从鸭绿江赶回三八线,最终停战;正是千千万万个战斗英雄,捍卫了国家尊严,赢得了对手尊重。父亲就是这千千万万中的一员,于国于家,忠勇两全。

1953年7月,朝鲜战争结束,大批抗美援朝志愿军陆续退伍复员。晚于父亲一年走向抗美援朝前线的叔父董常明和父亲一道回到了家乡吴山口。

父亲和叔父回来不久,接到了民政部门通知,父亲被安排到了合肥市地质勘查测绘大队上班,叔父去了六安市粮食局。

地质测绘基本上都是在野外工作,父亲对于这份不熟悉的业务,一边虚心学习,一边跋山涉水,用双脚丈量壮丽河山,用双手描绘宏伟蓝图。

1958年的春天,父亲随着测绘队来到了蚌埠市固镇县开展测绘工作。淮河北岸的固镇县是国家商品粮基地,湖泊交错,河流纵横,父亲的测绘队风尘仆仆地驻扎在固镇县磨盘张乡。村里有女初长成,养在深闺人未识。故乡的河水滋润了她的容颜,故乡的麦禾丰满了她的身体。此刻，父亲懵懵懂懂，坐卧不安，心里全是她的影子，再也容纳不下别人。那年，母亲18岁。

那个年代的爱情简单纯粹，默然，相爱，寂静，欢喜，像一汪清潭，清澈见底。后来，父亲带着母亲回到了吴山口。

我的母亲张华英是一名医生，在吴山口被村民称呼为"张婶""张姨"，或被尊呼一声"张妈妈"，这与母亲的职业有关。

母亲识字懂医，20世纪五六十年代在安徽医科大学附属医院培训学习，成为一名乡村妇产医生，谁家有个头疼脑热、伤风感冒她都能处理。要是哪家姑娘月事不调，哪家媳妇临盆预产，这事得母亲亲自出面。

方圆十里，陀龙、李陵、腰塘、芮店各村若有婴儿将要出生，一定早早把母亲请到家里，帮忙接生。母亲出门的时候，经常背着一个药箱，里面盛放着剪刀、棉纱、胶带、碘酒、消毒药水等等，临行前仔仔细细地检查，收拾得妥妥当当。

小时候贪嘴的我，每逢母亲出门，我心里总是盼望她能早点回来，因为母亲工作的关系，她会带回来花生酥、牛奶糖，还有乡下难得一见、城里才有的棉花糖、糖炒栗子，以及染着红的煮鸡蛋。母亲帮人接生是不图名利不收钱财的，大多情况下都是义务劳动。小孩出生后，母子平安，皆大欢喜，主人家会奉上一碗热气腾腾的糖心荷包蛋，以示吉祥。遇到熟人或是亲戚朋友，留下来吃个饭也是常事。遇到执拗的亲戚非要送礼，母亲也是暂时收下，待到孩子九天或者办满月酒的时候，母亲还会添加一些自己的心意一同随礼回去。遇到一些贫困户，母亲不但不收礼，还会解囊相助。按照母亲的话说，这叫"行小善积大德"。听母亲回忆说，有一次去山那边的余小郢鸠藤湾一带接生。即将分娩的是一个大龄产妇，而且是头胎，从晚上十点持续疼痛到第二天早晨，将近 10 个小时的折腾，使得孕妇极度疲惫虚弱，泪水和汗水湿了全身。只见瓜熟，不见蒂落。见多识广的母亲得知这种情形，知道是胎位不正。她轻声安慰孕妇说："大妹子，不要怕！也不要慌！先让心情平静下来。"母亲接着说，"你看女人吧，有的东西要学才会，生孩子女人天生就会，不用学。女人生孩子，就像母鸡下蛋，一使劲，就下来了。"母亲的话，让满头大汗的孕妇笑出声来，问："张婶，我会不会不行了？"母亲有意做起了心理疏导："没事的，别怕！女人生孩子都会这样。"接着让孕妇调整姿势，跪地、侧卧、平躺、伸手摸胎头……

一声清脆的啼哭，划破了早晨的宁静，母亲的双手捧来了新生命……

（陈新华整理）

作者简介

董照辉，女，1970 年出生于吴山口。初中文化。自主创业多年。现居肥西县上派镇。

故乡印记

文 / 许磊　图 / 王月敏

我的家乡在吴山口村，整个村的核心就是一条古街，那里是周边乡村商品流通的末端，也是乡亲们赶集、聚拢、交流的好地方。那里有山、有水、有景，更有淳朴、善良、勤劳的乡亲。我在那度过了既快乐又艰辛的少年时光。

曾经的家乡如中国大多数乡村一样，是那么贫穷，以至于我从小就下定决心，要摆脱家乡的束缚，去外面的世界看看。16岁那年，我便去外地上学，然后在他乡工作。在这20多年间，中国发生了翻天覆地的变化，我的家乡也一样发生了巨变。尤其是近年实施了美丽乡村建设和古村落保护，家乡已从原来贫穷落后的小山村变成了旅游景点。

我曾到过全国大部分省份，游览过全国很多风景名胜古迹，与其他名胜古迹相比，家乡的山水风景虽然没有太多的优势，可她独特的气质和风貌，吸引着越来越多的游人。

家乡赶上了时代，越来越美丽，越来越独特。随着时间的流逝，围绕家乡的山、水和人的记忆也越深刻。

先说说家乡的山。说是山，其实就是一个个小丘陵，但每个都有其独有的名字,有虎大山、狼大山、前山、晚山、大潜山、千字山、紫蓬山等等,海拔最高的属大潜山,289米。我常去的千字山上有十几级石阶,有人在上面刻上小脚印,说是观音菩萨的脚印,最终我也相信了这美好的传说。虎大山顶处有一棵古老的松树,被人们尊为神树,是乡亲们寄托心愿的重要场所,树上经常有人挂上红绳,树下也有很多人参拜。传说树的皮不能揭开,因为它会流血,小时候我经常想去验证,但最终因为没有胆量揭开树皮而相信了这传说。

狼大山上的荒草可以烧火做饭,也可以翻新屋顶。每年秋天,各家都能分得一小块,自割自收。这时候是我们小孩子最快乐的时光,几人结伴,可以随着大人在山上自由穿行,游戏嬉闹,看着大人们割草,吃着家人送上山头的饭,心里别提多高兴了。

小时候各个山上的树木都很少,有的一度沦落为荒山。后来在政策的引导下,村委会曾组织学生、乡亲们每年实施绿化植树。栽一棵树能挣几分钱,所以大家的干劲都很大。我们家就是松树苗的重要源头,通过上规模的持之以恒的植树,目前每座山都是树木成荫,良好的生态环境已然形成,成为家乡美丽风景的重要支撑。

再说说家乡的水。家乡没有大的水系和湖面,只有散落在各个村庄的池塘。很早以前,家乡的水系大部分是在圩堡的外围部分,也各有其名,如上塘、下塘、李大塘、卫塘稍等。塘面积不大,存水有限,所以经常发生干旱。遇到旱灾之年,乡亲们总是要经过多轮的争吵协商,才能通过从外引水的方案。但方案一旦通过，大家就能齐心协力、有序地去完成。先修渠，再引水，前后要忙半个月，才能把水引到每家的稻田里。在引水的时候，每户都要 24 小时不间断地查看自己负责的渠道，防止渗漏。看着干旱的作物起死回生，每个人的脸上都露出笑容，忘却了半个多月的辛劳。

这些年，家乡的池塘经过几次扩容修整，目前储水能力大增，困扰多年的干旱问题基本解决，塘埂也变成了柏油马路，成为圩堡古村通往外面世界的重要组成部分。

最后说说家乡的人。每个人的性格、品性的形成与他孩童时期接触的人密切相关。家乡的人们都很淳朴、憨厚、善良。还记得上初二的时候，有一天我正在家边烧火做饭边看书，这时我们

村信用社的人来到我家，看我一个小孩这么自律地用功读书，他当场表扬了我，说我是一个懂事的学生，并拿了 20 元奖励我，这件事给我的印象特别深刻。

还有我的二伯，他是个善良淳朴的长者。他每年春节前都雷打不动地去祭拜祖坟。小时候，我几乎每年都跟随他辗转好几个地方去祭拜祖坟，每到一处他都会耐心地告诉我每个坟墓里亲人的情况，使我从小就对先辈们有了直观的感受，这种传承是家乡人浓厚乡情最直接的体现。

我的爸妈也是家乡人勤劳善良的直接代表，他们的良好品格影响了我们每个子女。在我小时候的印象中，他们就是在忙碌操心着，老爸在大队任职，老妈在家任劳任怨，为了使每个子女能够过上体面的生活，他们付出了全部的努力。

家乡的变化很大，没有变的是人们对美好生活的追求和对良好乡风的传承。

作者简介

许磊，曾用名黄华宝，男，1979 年 12 月出生于吴山口村东陶洼。本科学历。曾在成都铁路工程学校、安徽建筑大学学习。高级工程师，现就职于中化学城市投资有限公司，担任区域中心总经理。先后参与了上海东海跨海大桥、山西汾阳至柳林高速、京沪高铁南京南站大胜关枢纽等重大工程项目建设。

不一样的祖父、祖母

文 / 董照玉　图 / 王月敏

祖父周家福（1903—1977）生于清朝末年，自幼读书识字，一袭长袍马褂，器宇轩昂。解放后祖父任吴山口地区乡长，在乡长任上作风强悍，颇有淮军遗风。

听上了年纪的老人说，祖父有两件事被后人津津乐道。

解放前，兵荒马乱，民不聊生，各地匪盗猖獗。有一天一股三五人的流匪窜至吴山口，带有火枪，白日瞅准了沿街店铺欲行不轨。很快，街邻找到颇有威望的祖父商量如何应对此事。祖父带人来到后街土匪拴马的树下，对迎面走在前面的麻子说："诸位，要怎么样？有话好好说，不妨坐下来，喝一杯。"领头的麻子一口黄牙，回道："不伤人，只求财。"祖父吩咐乡人杀鸡宰鱼备上酒席招待土匪，众人不解，直犯嘀咕，难道他们相识？祖父不慌不忙，端起酒杯开门见山地说："我是周家福。"下座的瘦子土匪斜着眼睛问："哪个周？""山周，周老圩的周。"土匪们打家劫舍，也算见多识广，一听说是周老圩一族，面面相觑，周盛波、周盛传二人办团练镇压捻军早已名声在外，那可是当年李鸿章麾下"盛"字营的淮军将领啊。

周老圩怎么也算是大户人家，况且，圩内男丁强壮，个个勇猛，藏有长短火枪不计，稍有得罪，日后定会结下梁子。麻子、瘦子、黄毛一阵耳语，不等土匪开口，祖父趁势瓦解对方："保一方乡邻平安是我的职责，你们要是胡来，问问我手中的家伙同不同意。"祖父一边说一边拍着挂在腰上的枪盒子。麻子和黄毛眨了眨眼睛，不敢恃强。"吃完这杯酒，也算相识一场。"爷爷顺势给土匪个台阶。

土匪走后，"杯酒退响马"的美谈从此传开。祖父对大伙说："土匪也是人，没人愿意当土匪，都是被逼的。"

还有一件上辈流传下来的事，讲的是祖父帮忙打日寇。

1939年秋，从六安调任合肥的唐庆甫县长（后来加入革命队伍，更名唐晓光）率领警卫排和常备大队150多人，配合138师郭旅一个团，成功偷袭驻扎在紫蓬山周新街的日伪据点，致敌伤亡惨重。

这次打击日寇，鬼子疏于戒备，又是拂晓时分，完全措手不及。祖父虽然没有直接参与战斗，但他和乡亲们一起在周新街一带蹲点摸守多日，搜集了不少线索，为打击日寇提供了重要情报。

第二次国共合作时期，祖父为新四军做事。祖父有一手好篾匠手艺，常年以篾匠身份掩护地下党开展斗争。他曾经和新四军领导陈朋友（解放后在安徽省水利厅任职）合作共事。

祖父读书看报了解时事，看到了当时国家内有恶霸土匪祸乱，外有日寇侵略，常叹时局艰难。但他更受到段祺瑞讲话的鼓舞："日本横暴行为，已到情不能感理不可喻之地步。我国唯有上下

一心一德努力自救。语云：'求人不如求己。'全国积极备战，合力应付，则虽有十个日本，何足畏哉？"当读到这几句话的时候，祖父情绪高昂地对众人说："团结一心打鬼子，唯有打倒日本鬼子，百姓方有出路，才有更好的生活。"

对于祖父的故事，我更多的是道听途说；对于祖母的往事，则是来自母亲的讲述。

母亲说过，祖母张其英（1905—1989）原是大家闺秀，头婚挫折，后改嫁到吴山口。生活的变故也未改变她旧时大小姐的做派。祖母抽旱烟，对听书、看戏更是热衷，祖母还吸鼻烟。我幼时淘气，曾在老式木箱里翻出许多玻璃样的瓶瓶罐罐，形态各异，大小不一，花色相间，甚是好玩。初时好奇，我便拿来往里塞糖丸和各色琐碎饰品，后来听母亲说那是祖母的鼻烟壶。

梁实秋说过："据说鼻烟能明目祛疾，谁知道？我祖父不吸鼻烟，可是备有'十三太保'，十二个小瓶环绕一个大瓶，瓶口紧包着一块黄褐色的布，各瓶品味不同，放在一个圆盘里，捧献在客人面前。"祖母没有十三太保鼻烟壶，那是高档品，只有身份显赫的人家才有。

祖母的鼻烟壶稀松平常，常见的有翡翠蓝、白玉青、陶瓷褐、玻璃白。壶面印花鸟虫鱼、松月溪流，或凸，或凹，或镂空，明暗相映。这些鼻烟壶摆放在祖母梳妆台的右侧，我独喜琥珀金瓶兰香味的。

祖母使用鼻烟时，兰指轻挑，挖一小匙置于丝巾垫上，俯首贴鼻，吱溜一下吸光，其状洒脱而优雅。无人知晓个中滋味，祖母深陷其中，不能自拔……

祖母曾煞有介事地说鼻烟能通关窍、治惊风、避瘟疫、追风发汗，连当年的偏头痛，现在都好了许多。

如今吸鼻烟几近绝迹，只有精美的鼻烟壶被雅士珍藏把玩。

当年的一把大火几乎烧尽了吴山口老街。祖父重新修缮老宅，街面门店开起了大茶馆。大茶馆里南来北往的贩夫走卒、三教九流就在此歇脚喝茶。听说书的、看唱戏的也是摩肩接踵，斗室虽小，尽说家国大事。街面喧嚣，茶馆热闹，逢单说书，逢双唱戏。

祖母眼睛不好，看戏成了听戏。她双眼微闭，半睡半醒间，一阵急促锣鼓声，演到高潮处，她抓起烟锅猛地吧嗒几口，狠狠地干咳几嗓，再次端坐。祖母常常在别人的故事里，流着自己的眼泪。

适逢雨季,又一次走在老街的青石板路上,情丝绵绵,恰似置身江南水乡雨巷。恍惚间,祖父的盒子枪、祖母的鼻烟壶,记忆模糊又清晰。

(陈新华整理)

作者简介

董照玉,男,1967 年 11 月 27 日出生于吴山口。毕业于安徽理工大学临床医学系,内科主治医师。现居上派,在滨湖开了一家私人诊所。

四个人的舞蹈

文 / 黄厚桂   图 / 王月敏

每当想起我生活在吴山口的那段时光,我总有一种说不出的情感。

我祖居吴山口街,是一个地地道道的吴山口人。我生于20世纪50年代,因上有两个哥哥,家里对我这个女孩的到来非常欢迎,就给我取了一个宝贵的名字——厚桂。家里人对我的关怀是无微不至的,两个哥哥给我买这买那,为我穿衣喂饭。在我的记忆中,我与奶奶在一起的时间最多。奶奶忠厚勤劳,为我付出了很多很多,直到现在我还难以忘怀。父亲在外地工作,不常回家。有一次爸爸回来了,我不认识他,问他是谁。到现在想到这事,我还有点心酸。家里的一切由母亲打理,我的母亲为我们兄妹几人吃尽了苦头。

我对童年的记忆非常模糊,经常能想起的就是和跟我年龄相仿的小朋友在一起,玩一些简单的游戏,什么抓石子、老鹰抓小鸡……我家在街北头。我家不远处有一口水塘叫湾塘,一到冬天,水面上就结着一层厚厚的冰,我和一群小朋友还有大哥哥大姐姐们在冰上溜冰、打弹子,玩得不知多开心。

那时候，吴山口街繁华热闹，人们的生活丰富多彩。一到农闲，各种娱乐活动就开始了，有唱戏的、舞狮子的、玩花船的、唱门歌的。那时我还小，这些活动我参加不了，但我也有我的项目，记忆最深的是四个小姑娘跳舞的事。那年我在读小学，下课时，李老师把我、周孝莲、李发聪、程国玲叫到办公室，说让我们四人跳一支《南泥湾》舞蹈。我们听到这个消息时，高兴得不知所措。我们除了上课，把其他所有的时间都用到练舞上。舞练好了，就要开始表演了。老师要我们每个人手里拿一个花篮，还要统一着装，上面穿毛衣，下面穿裙子。花篮由周孝莲爸爸给我们做。可衣服的问题来了，那时我们几个的家庭都不富裕，根本就没有这些衣服。后来找别人借，七拼八凑，毛衣总算弄到了，可裙子借也借不到，那时的女孩子根本就没有穿过裙子。就在这时，李老师急中生智，她从学校拿来四面彩旗，围在我们腰上，

四条漂亮的裙子就弄好了。我们四个小姑娘像四只飞舞的蝴蝶，每个人拿着花篮翩翩起舞，从街北头跳到街南头，整个吴山口街都跳了个遍。

1976年，我高中毕业回到吴山口参加劳动，后来经过层层选拔，我当上了吴山口小学的一名教师。那时当教师待遇非常低，但我从不因为工资低而懈怠。我和我的学生朝夕相处，每次公社统考，我教的学科都名列前茅。虽然工作辛苦，但能和学生们在一起，我感到非常快乐。后来为了爱人和女儿，我调离了教师岗位，离开了故乡。

岁月的脚步总是匆匆，转眼间我已度过了几十个春秋，我现在生活很幸福、很美满：九十多岁的老母亲身体健康、耳聪目明；爱人忠厚老实，对我百般体贴；女儿、女婿毕业于名牌大学，他们优秀、孝顺；孙子活泼可爱。我现在在上派和上海两地轮换居住，房屋宽敞明亮，可我总是忘不了我住过的那间小草屋。吴山口街，永远刻在我的脑海里，永远是我心灵的家园。

作者简介

黄厚桂，女，1956年12月出生于吴山口，高中文化。1977年至1986年在吴山口小学任教，后在粮油部门工作至退休。

民以食为天

文 / 徐常胜　图 / 艾光银

20世纪60年代后期，经历了一场大火浩劫的吴山口街一派萧条，房屋是清一色的泥墙草顶，只有少数几户家境较为殷实，用黄籽草扎大脊，房子盖得高些，就好看了许多。

吴山口连接外面的路，主要是南头到芮店这条道，晴天可以通汽车。北头往李陵山去的那条路，是一条"老牛路"，坑坑洼洼，人走在上面，稍不留神，就会弄得一身稀泥。西街后、东街后各有一条田间小道通往外面。

吴山口街分为三个生产队：南头队、北头队、街后队。三个队的生产条件相当，田亩、人口也差不多。相比较之下，我所在的街后队水利条件稍好些，好的年景，每天整劳动力值工分六毛多，遇到旱年也就是五毛这个样子。街上百把户人家，只有十来户家里有人吃公家饭，生活好些，不至于断炊。大多数纯农户经常揭不开锅，只能眼巴巴地等国家下拨救济粮。

那时候农民口粮国家定量是每人每年折合稻谷420斤，按70%出米率计算，也就300斤左右，一天不到1斤米，除了逢年过节，平时很难见到荤腥，肚子里没油水，寡饭也能吃上三四碗，

偶尔在田沟里逮到小鱼小虾,拿回家烧煮,堪比现在的大餐了。一天三餐,两稀一干,中午这顿干饭常常也只能吃个七八分饱。到了冬季农闲时,一般是吃两顿,冬季夜长昼短,到了下半夜,肚子饿得咕咕叫,睡不着觉。

我时常想起故去的父母,他们是地道的吴山口村民,一辈子在这片土地上劳作,面朝黄土背朝天,在土里刨食,抚养大我们姊妹七人。三年困难时期,我的父母宁愿自己忍饥挨饿,也要省一口让我和小弟吃。他们那时也才五十岁开外,可皱纹已早早爬上他们的额头,那是为了一家人生计愁的。每念至此,我的心发热,鼻发酸。殚竭心力终为子,可怜天下父母心啊。

饥饿伴随着我的童年、少年，刻骨铭心，至今给我留下很多"后遗症"，比如我吃饭喜欢用大碗，哪怕吃得很少，也是这样；剩饭剩菜舍不得倒掉，留着热热再吃；走亲访友时对酒、菜无甚要求，只要主食充足就行。

党的十一届三中全会拉开了中国改革开放的序幕，民以食为天，"大包干"解决了国人的吃饭问题，为全面建设社会主义现代化国家打下了坚实的基础。现在生活好了，衣食无忧，居有屋，出有车，食有肉鱼。

在乡村振兴战略思想的指导下，吴山口经过改造，面貌彻底改变了，山变青了，水变绿了，街道变得更漂亮了。作为脚泥未干的城里人，我时刻关注着家乡的每一点变化，梦境中频频浮现的景象，依然是家乡的山、家乡的水、家乡的玩伴、家乡的长者。

作者简介

徐常胜，男，1954 年出生，1970 年入伍，1976 年退伍，被分配到安徽电力修造厂。1984 年进入武汉水利电力学院读书，获得本科学历。历任钢结构车间党支部书记、厂劳动服务公司经理、厂组织干部科科长、厂纪委副书记。

那时，我也有打卡地

文 / 谢守宁　图 / 王月敏

由于年龄的缘故，不知从何时起，故乡吴山口在我的思绪中不断地涌现。每当回家看望母亲时，母亲都会很激动地对我说："吴山口街变美了，又变美了。"这常常勾起我对儿时的回忆。

我家住在许塘梢，与吴山口街北头一塘之隔，吴山口街北头有一半和我们是一个生产队的。记得小时候，周一至周六，每天

早晨天还黑黢黢的,我就独自一人到处去拾粪。街后的老油厂和大米加工厂,因为稻米和油香的缘故,自然成了我和我的小伙伴们每天的打卡地。

小时候我最喜欢给父亲送"使牛茶",因为这个时候,我会品尝到平时根本就尝不到的锅巴和猪油。最有趣的是到了冬天,小伙伴们拿着小板凳,在街北头的湾塘将它四脚朝天放在冰面上,从塘这头滑到塘那头。有时我们还会在冰面上"打仗",其乐无穷。

中午放学,穿街而过,总会听到二姑或二姑父喊:"二林,今天中午在我家吃饭。"那时的我很腼腆,有时会答应,有时装着没听到,不答应有一个原因是我想早早到家和小黑狗玩。每当我放学回家,人还在街北头的塘边,就看见小狗已摇着尾巴在那里等我了。见我来了,它又若无其事地摆动着身体,摇着尾巴向前悠闲地走着,我也快乐地蹦跳着一路小跑。

一到星期天,我就帮着父亲拖着板车去拉石头,近千斤重的石头压在板车上,拉起来非常艰难。记得有一次下陡坡时,板车突然失控,急速下滑,父亲为了保护我,胸口被板车把猛戳了一下,自此落下了病根,直到父亲去世时,我都很内疚。那时候的学费并不高,但我家里穷,我还是上不起学。记得有一天傍晚,我早早地把放的鹅偷偷地赶回了家,我知道今天班主任老师来家访,和我父亲商议我读书的事情,我想知道个究竟。我家兄弟姐妹多,那时的农村,老大读两年老二读,接着老三、老四读。我忐忑地躲在一旁听着。当听到我父亲决定让我继续上学时,我心里的一块石头落地了,但同时我又哭了,因为这就意味着我的妹妹不能上学读书了,这也是我终生的遗憾。

如今,国家已全面实行了九年义务教育,家乡吴山口也建设得如同秀美江南,既望得见青山,又看得见绿水,那些难忘的乡愁便成了我奋进的动力。

作者简介

谢守宁,男,1965年11月出生于吴山口许塘村。从六安师专毕业后,到安徽教育学院进修。现为肥西中学高级教师。

回 家

文 / 程刚　图 / 武方

也许是离开故乡太久，进而深切地关注、谈论乡愁；也许是喧闹的城市缺少人情温暖，人更需要一片可以寄情的山水。在闲暇的时光中，故乡隐约的召唤牵动我的灵魂，化作乡愁入我梦中。

我对吴山口的想念，更多的是我对逝去时光的追忆。

吴山口村历史久远，但一场大火将传统建筑毁坏殆尽，商业凋敝，产业基础薄弱。三十年前，孩提的我每天最开心的事情，莫过于从村北头和一群小伙伴一起成群结队去上学。当时的小学

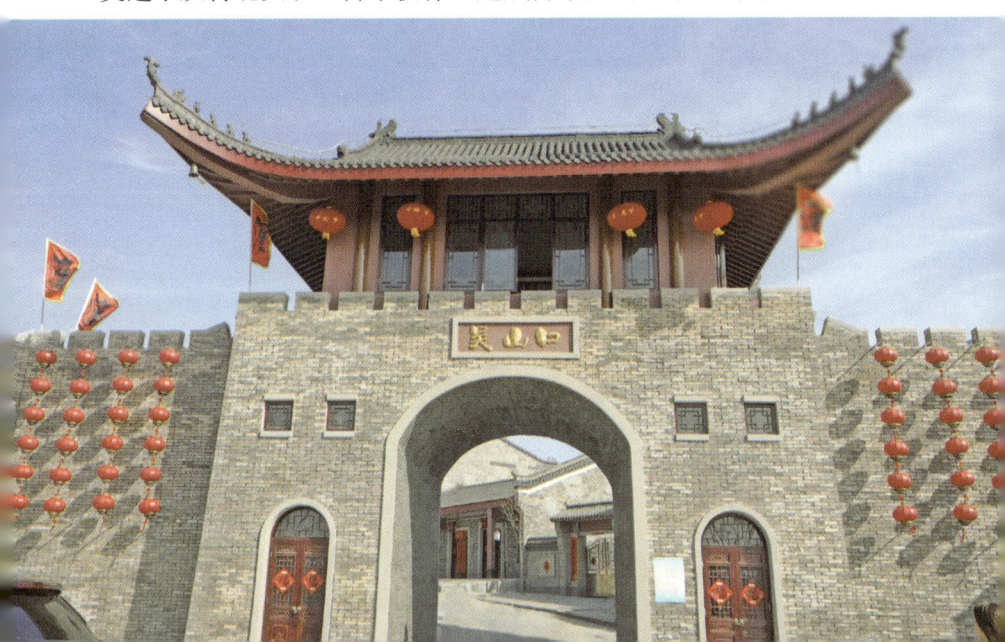

在村南头，一排破旧的矮房子承载了我童年的全部。那个时候没有体育设施，也没有体育课，在学习之余能够让我们开怀大笑的是春天的跳皮筋、夏天的捉蜻蜓、秋天的扫落叶，还有冬天同学们在下课时的抱团取暖。学校南边的空地由于多了几个草垛而给我们增加了不少乐趣。一到下课或者放学，同学们便蜂拥而至，争先恐后地往草垛上爬，都在为结束一天的课程而欢呼。

我们的快乐并不止于此。放学回家的途中，我们三两结伴，四五成群，即刻组成了一个个战斗小队，玩起了打仗的游戏。我们穿梭在狭窄的街巷里，时而躲在柱子后面，时而跑到商户家中隐蔽，等待出击。傍晚时分，整个街道弥漫着炊烟的味道。这时家人呼喊孩子归家的声音，孩子们嬉闹的声音，小贩在茶馆互相寒暄的声音……各类声音混杂在一起，奏出吴山口街傍晚欢乐的交响曲。

如今，我们居住在闹市，推窗便是万家灯火，但这万家灯火似乎正告诉离乡的游子，任何时候，都有一盏灯在等你回家。

作者简介

程刚，男，1981年出生于吴山口村，中共党员，大专学历。现任合肥新浩伟商贸有限公司法人、风客连锁网咖合伙人，业务涉及餐饮、网络运营。

可爱的故乡

文 / 何洁　图 / 王月敏

灿烂的中华文明经过数千年的积淀和发展，成为中华民族的集体记忆和特有的文化基因。肥西县委、县政府高度重视合肥紫蓬山——中国首个圩堡古集文化旅游村的打造，致力建设大型圩堡建筑群，复兴吴山口百年盛景，在历史文明中融入现代元素，催生新的文化业态。

吴山口村距合肥市区 20 公里，位于国家 AAAA 级景区紫蓬山风景名胜区南麓，被誉为"紫蓬山南大门"。全村占地 4.1 平方公里，是有着四百余年历史的古村落。然而岁月流逝，风雨剥蚀，传统建筑基本毁坏。近年来，为深入挖掘旅游资源，按照"保护国家文物，抢救第一、合理利用、继承发展"的方针，紫蓬山风景名胜区在吴山口村原有规模基础上复建古村落，按照"一芯一轴一街三区"的功能进行建设。"一芯"：打造圩堡古集综合服务中心；"一轴"：百年古集复兴轴；"一街"：百年古集特色街区；"三区"：圩堡花苑文化体验区、精品花木乡村度假区、特色水产生态养殖区。同时，项目围绕"古集文化＋三产融合"思路，打造集特色农业（精品苗木花卉、特色水产、特色采摘）、

136　百年古街吴山口

文创加工（挖掘传统手工艺的古法手工、文创加工）、乡村旅道（古集旅游、乡村体验、田园休闲、民宿客栈）为一体的吴山口特色乡村产业集群。通过美化老街及其村庄环境，结合江淮文化风貌，逐步将古村落打造成设施完善、风格独特、具有山水依托和乡土记忆的圩堡古集文化旅游村，已吸引不少游客前来观光打卡。

如今的吴山口宛如一幅水墨画，这里山水交融，森林茂密，鸟的啁啾、蛙的鼓鸣、叶的耳语，把老街渲染得生机盎然。走进吴山口村，历史和现代文明珠联璧合。吴山口这片热土，让我更加热爱她、眷念她。

作者简介

何洁，男，原名何本林，高级职称，中共党员。现任花岗学区中心学校党总支书记、校长。曾荣获合肥市"优秀教育工作者""优秀大队辅导员""未成年人思想道德建设先进个人""市家庭教育先进个人"等荣誉称号。有多篇教育教学论文在国家、省、市、县级刊物上发表。

"马氏中医"日月绵长

文 / 马扬厚　图 / 王月敏

一百多年前,古街吴山口有家遐迩闻名的"马氏中医",其初创者就是我的爷爷马永楷。那时西医在乡村尚未流行,中医是人们求医治病的主要手段。在合肥西南乡比较有名望的中医,时有"南李北马"之称。"南李"是指舒城桃溪街上的李豁子,"北马"就是古街吴山口的马永楷。

马永楷,1910年生于官亭镇马河湾,上过私塾,后师从著

名中医陶汉章先生,十八岁时学有所成,出师后只身来到吴山口街上开办医馆,正式坐堂行医。他医术高明,且为人谦和、待人诚恳,深得吴山口周边乡民的敬重,大家尊称他为"马老先生"。

爷爷不仅医术精湛,而且医德高尚。医者仁心,爷爷看病从来不把金钱放在首位,对患者总是本着少花钱多办事的原则,从不小病大治,更不额外索取。贫寒人家前来看病,费用上他能减则减,能免则免。有个街坊曾经拖欠他数年的医药费,他从未追收过。医馆公私合营后,街坊所欠医药费被一笔勾销,他却毫无怨言。在那个年代,他始终本着职业道德,恪守做人底线。他的一言一行深深地影响了他的后代,后来他的子孙们在行医时也秉持这一良好的家风医德。

精湛的医术和高尚的医德让"马氏中医"愈开愈大。爷爷有点积蓄后,在吴山口的街心位置买房置地,扩大店面规模。医馆全盛时,包括三进房屋和两边的厢房,药柜摆满堂屋四周,舂药、熬药的工具一应俱全,天井院中晒满了中草药,药香四溢。"马氏中医"声名鹊起。此时,爷爷亲自接诊之余,开始传授自己的医术,除了教授我的叔父和父亲外,还先后带徒多人。

解放后,"马氏中医"公私合营,成为吴山口联合诊所。我的爷爷和叔父、父亲作为业务骨干进入孙集、芮店等地的乡卫生院,继续发挥他们的专长,为辖区的广大群众解除病痛之苦。1965年,爷爷因积劳成疾不幸病逝,一代名医寿终正寝。

改革开放后,我的叔父和父亲在退休后,又各自开办自己的诊所,并向后人传授"马氏中医"绝学。在马氏后代的努力下,吸取西医长处的"马氏中医"在新时期得到发扬光大。如今，第三代的我也在肥西县城上派镇开办了一家"中西医综合门诊部"。我的子女也大都继承了前辈的中医事业。"马氏中医"日月绵长。

作者简介

马扬厚，男，回族，祖居吴山口。1987年毕业于肥西县卫校，工作于肥西县孙集乡卫生院，现任肥西巢湖西路综合门诊部负责人。

思念永恒

程汉生 / 摄

慈 母

文、图 / 许长勋

苦难在她心灵最柔软的地方慢慢地融化、沉淀,结晶成隐忍、善良、慈爱、感恩的美德,放射出人性的光辉,照耀我们兄弟姐妹一路前行。

母亲的苦难是从童年开始的。她五岁丧母,七岁失怙,是朱山洼的五外公家收养了她。那个年代,家里多一张嘴比今天买一座房子还要难,于是母亲从十岁开始便在朱山洼、大水塘的几位堂外公家轮流度日。尽管日子过得很清苦,但听母亲说,外公、外祖母待她不薄,视如己出。我不知道,母亲在少女时代是否也有过本该属于她的五彩缤纷的花季。我想,少女时代的母亲应该就像山间的兰花,虽然没有丰润的滋养、精心的呵护,但也在默默地生长,静静地开放,淡淡的幽香融进了薄雾轻岚。就这样,母亲在堂舅家生活到十九岁。

十九岁那年,母亲嫁给了父亲,来到了吴山口,从此开始了她养儿育女、浆洗缝补、劳作田垄、操持家务、终生厮守吴山口

七十四年的辛劳人生。

母亲嫁给父亲的时候,父亲在外地当学徒,之后又在离家十几里外的一所小学当教师。记忆中父亲寡言少语,表情严厉,他在家的时候家里很少有谈笑风生的氛围。后来和母亲闲聊,我们问母亲:"妈啊,你生了我们七个,父亲又很少在家管我们,你是怎么把我们养大的?"母亲笑着说:"我也不晓得你们是怎么长大的,就是把你们摭大的。"一个土得掉渣的"摭"字浸透了母亲多少的劳累与辛酸,是今天的儿女们无法体验,甚至无法想象的。

三年困难时期,家里已经有了大姐、大哥、二哥、二姐,每天从高级社"大食堂"打来的一盆稀饭哪里能养活他们四个?母亲看哪个饿得快不行了,就把自己的那份留给哪个活命,自己去吃榆树皮、米糠、野菜之类的。母亲知道她不能倒,她倒了,几个没娘的孩子可怎么长大成人啊?也就是那三年,母亲因长期吃榆树皮、吃糠导致严重的营养不良,全身浮肿,几次昏倒,从此落下病根。小妹出生的时候,十几天不睁眼,奶奶对母亲说:"这丫头恐怕是个瞎子,又是个小丫头,赶紧把她抱给人家养。"可母亲怎么也舍不得,怎么也不同意,气得奶奶连母亲坐月子也不管不问。母亲天天用舌头舔小妹的眼睛,一舔就是一两个小时。也许是母爱感动了上天,满月那天,小妹睁开了双眼,她来到这个世界第一眼看到的竟是母亲晶莹的泪光。在母亲晶莹的泪光中,她看到了有母爱的世界是多么光明和美好。

如果说,一个母亲对自己的孩子无论多么疼爱、怎样付出,都是母爱的本能,是天经地义的,而我的母亲,一个目不识丁的普通农村妇女却能把这种儿女之爱推及他人而成为众生之爱,着实令我敬仰。

那时我记事了,父亲调回吴山口任山口大队党支部书记,大哥在合肥电机厂工作,二哥也应征入伍,家境好转了许多,但街上还是有很多生活贫困的人家,一天吃两顿,缺粮断炊。快响午的时候,街坊邻居拿着升斗到我家向母亲借粮的事时有发生。说是"借",可他们哪有粮还啊?母亲却从不计较,也从未让人家空着手回去。遇到乞讨的,母亲总会亲自盛上满满一碗给他,有时外加一捧米。那些年,每年的冬闲,公社都要调集民工开挖"当家塘",挖塘的民工被分摊到各家各户打地铺住宿。那年冬天,吴山口大水库动工开挖，住在我家的民工是河下张店村的，大概有十几个人。挖塘可不是一般的农活，活重人累。母亲经常从菜园里拔一些青菜给他们做菜，有时还给他们菜里加一些干体力活最需要而他们又买不到的猪油。一天晚上，一个刘姓民工对母亲说："大妈，麻烦你问问你家许支书能不能从吴山口供销社称一斤红糖，我家里的坐月子。"在今天红糖早已是富余的物品，可在计划经济年代，农村人想称一斤红糖又谈何容易？那天大哥刚从合肥带了红糖回来，母亲二话没说就从箱子里拿出来给了他。他感动得千恩万谢，第二天起了个大早，给我家挑了满满一缸水。

在我的记忆中，母亲从未和街坊邻居吵过嘴，也从未骂过人，就好像她生来就笨嘴笨舌不会吵嘴骂人，街上的人据此给她起了个"程大呆子"的外号。因为这个外号，我还问过街上的一些老人，老人们说："你妈不呆不傻，顶多算是个'烂老好'，你妈肚量大，吃点亏、受点别人的冷言恶语都忍着。"为这事我也问过母亲，母亲是这样说的："吵嘴打架总不是好事。街坊邻居低头不见抬头见，没什么冤仇，今天吵明天骂，就结仇生怨了。你爸又在当支书，我要跟人家吵嘴打架，对你爸、对你们都不好。"母亲极普通的几句话让我明白了，母亲哪里是别人眼中笨嘴笨舌的"程大呆子"，分明是一个头脑清楚、通情达理的聪明的母亲。她的恬淡隐忍、与人为善不仅是她的为人之道，也是她传给儿女、惠及儿女的美德，这也正是我们今天构建和谐社会每个公民都应具备的品德。

每年回家过春节，大年初一，母亲总要叮嘱我们一件事，就是给健在的大舅母、二舅母拜年。母亲说："妈从小是在你们的几个舅舅家长大的，他们虽说不是你们的亲舅舅，但你们也要像对亲舅舅一样待他们，做人不能忘本。妈现在老了，走不动了，你们就代妈去看看我的娘家人。"我知道，母亲心里永远铭刻着那段苦难的童年时光，永远铭记着舅舅舅母们的养育之恩，母亲永远怀揣着一颗历经岁月沧桑而依然温润的感恩之心。

晚年的母亲是满足而幸福的，她用半个多世纪的苦难和辛劳换来了儿孙满堂、含饴绕膝的天伦之乐。因为三年困难时期落下了病根，母亲七十岁时就频频发病，住院的次数连我们都记不清了，但我们兄弟姐妹二十多年如一日，床前榻下悉心奉养。因为不愿离开故土，母亲一直在吴山口老家跟四弟一起生活，弟媳待母亲如亲娘。八十七岁的时候，母亲的生活起居有诸多不便，我们就按月轮流回家服侍她，暑假和寒假的三个月是我回家。母亲时常说："是妈拖累了你们，可妈看到你们这么孝顺，孙子孙女都有出息，妈真的是舍不得走啊。"母亲舍不得丢下我们，我们又怎么舍得丢下母亲啊！

2020年7月13日，母亲突发脑梗死，这次躺下就再也没能站起来了。在母亲卧床的93天里，我们每天两个人在家服侍。母亲一生爱干净，我们每天都像平时一样，给她洗脸、刷牙、擦洗身子；为防她生褥疮，为她一个小时翻一次身、两个小时换一次尿不湿；按时喂药打针，按时从胃管打流质食物。此时的母亲已经不能说话了，但她时常睁开眼睛，长时间紧紧地盯着我们看，努力地艰难地抖动着双唇喊出我们的乳名。母亲那渴望的目光穿过了我的胸膛，拉成我今生今世对母亲长长的思念与牵挂。母亲那低回的声音包裹着我的灵魂，弥漫成母亲留给我的生命的绝响。

2020年10月23日凌晨5点16分，九十三岁的母亲走完了她由辛酸的童年、辛劳的中年、幸福的晚年连成的一生。母亲临终的时候，繁星闪烁的天空突然下起了雨，淅淅沥沥，如泣如诉。大约十分钟，雨戛然而止，满天的星斗泻下静穆而圣洁的光辉，天地之间，一切都显得那么宁静而安详。这一刻，是自然之象的巧合，还是天人相通的感应，我不得而知，但这一刻给了我关于母亲的无尽的联想与想象，关于母亲的无限的安然与告慰。母亲出殡那天，整个街上近百户人家自发前来为母亲送行。大哥捧着母亲的遗像走在前面，灵车经过每家每户时，人们手捧鲜花站立在门口，看着母亲端庄慈祥的遗像，有的人泣不成声，有的人默默鞠躬，我和堂哥分两边接过鲜花，跪谢还礼。灵车没经过的人家，人们就捧着鲜花跟在灵车的后面给母亲送行。这十几分钟的长街送行是对母亲九十三岁的生命、厮守吴山口七十四年的人生的最高礼遇和尊敬。这令人动容的十几分钟浓缩了母亲一生的善良之魂，折射出母亲一生的慈爱之光，也将永远定格在我们心中。

母亲永远离我们而去了，但母亲的一生留给我很多对人生、对苦难的解读和思考：有的人经不住苦难的重击而倒下，匍匐着走完黯淡的人生；有的人把苦难当作报复社会和他人的借口，扭曲成一个畸形的人生；有的人在苦难的炼狱里浴火重生，涅槃成光彩飞扬的人生。而对于我的母亲来说，苦难在她心灵最柔软的地方慢慢地融化、沉淀，结晶成隐忍、善良、慈爱、感恩的美德，放射出人性的光辉，照耀我们兄弟姐妹一路前行。

作者简介

许长勋，男，1963年出生，中共党员，研究生学历，中学语文高级教师，曾任肥光中学教务处副主任，现任肥西二中教务处副主任。

长篇小说《觉醒年代》特约文学编辑。

四 弟

文 / 许长勋

你说过，等病好转了，要到我们每家去过一天。为了"这一天"，我们在寒夜里祈祷，我们在风雪中奔走，我们陪着你坚守了整整一个冬天，却最终没能迎来你生命里的春暖花开。

有一种思念叫刻骨铭心，直到生命终结；有一种心痛叫撕心裂肺，直彻全身的骨髓。时间可以愈合的叫伤口，时间无法愈合的叫心痛。年过半百的我经历了太多的生离死别，亲人、朋友，抑或他人，本该参透生死而淡定，但四弟的中年早逝给我的这一击太沉太重。思念层层堆积，心痛阵阵发作，让我无以解脱，无处安放。郁积于心，自然要发之于外，于是在夜深人静的时候，我拿起了笔。

弟弟只小我一岁，这一岁却让我背负了沉重的十字架。本以为我在有生之年可以照顾好命运多舛的他，我却只能眼睁睁地看着他在病魔的折磨中痛苦地离去。假如我能早一天带他去检查治疗，假如我能帮他多分担一些家庭与生活的重压……可是一切假如都不复存在了。

父辈的脚步磨光了小街的青石板，我牵着弟弟的手在上面从童年走到了少年。在那个贫瘠而苍白的年代，我们的童年就是一个个单调枯燥的数字，一圈圈无色无味的年轮，于是那时我和弟弟在一起的日子便成了我们彼此最快乐的时光。那时候我们形影不离，弟弟是我的一半，我也是弟弟的一半。

在我的记忆中，唯一的一次，我打了弟弟一拳，而这一拳今天却重重地回击到我的心里，一想起来心就隐隐作痛。那天我和弟弟像平时一样到我家屋后的小塘去拉鱼，前几网只拉了几条泥鳅。弟弟说："这一网拉不到我们就去街后大塘拉白米虾。"说话间渔网被猛烈撞击而抖动起来，一条大鱼入网了。我兴奋地调动起全身的神经，将下面的网绳紧贴塘底的淤泥，上面的网绳高举出水面。我叫弟弟赶紧像我这样张网，眼看就要到塘埂了，鱼在网中撞得更猛了，可不知为什么，那头的弟弟竟突然松开了上网绳，一条大鱼就这样被他放跑了。我气得扔掉网上去就给了他一拳。弟弟哭着说："我个子矮，胳膊不够长，顾了下面就顾不了上面，下次我不会了。"那次以后，每次拉网，弟弟就一只手高举着上面的网绳，因为下面的网绳要紧贴塘底，个儿矮的他就只能把头闷在水里，拉一段就上来换一口气，小脸憋得通红，也不知道他在下面喝了多少口水。现在每每想起弟弟拉网的样子，我的泪水就止不住地往下流。

最让我心痛的是弟弟冒着生命危险去救我那件事。那是1976年9月，那一年，唐山发生了举世震惊的大地震，24万人遇难。就在这全国谈"震"色变的时候，不知从哪里传来合肥地区将要发生地震的消息。这消息在吴山口街上炸开了，家家户户都在门外搭起了防震棚，有的还在防震棚里储备了粮食和水。吴山口村和吴山口街道安排了民兵配枪昼夜值岗，值岗点设在吴山口食品站大院，一旦发生地震就鸣枪为号。清楚地记得，那天我和弟弟到狼大山划草，我因为喝了山沟里的水而上吐下泻，几近虚脱。弟弟扶着我回家，因为惧怕严厉的父亲，我不敢在家里睡，弟弟又扶我来到街后的防震棚。8点钟光景，弟弟给我送来了一碗面条。正值盛夏季节，低矮的防震棚里蒸笼一般闷热，我叫他出去吹吹凉风。迷迷糊糊中传来一声清脆的震响——事后才知道是一个人在离吴山口不远的瓦屋塘打野鸭放的洋炮——一时间，外面喊叫声、跑步声、搬东西的撞击声乱成一团。我爬起来就要跑，可怎么也迈不开步。外面的喊叫声越来越大，就在我被惊吓得大声哭喊的时候，弟弟跑进来大叫："快跑，要地震了！"我说我走不动，弟弟说："我背你，快上来！"说着弟弟就蹲下来。我趴到了弟弟的背上，可怜矮小的弟弟使出了吃奶的力气背着我歪歪扭扭地往外走，一直背到打谷场上，两个人都瘫倒在地上。现在想想，虽然那只是一场虚惊，但那生死攸关的100米在我心中是那么真实、那么漫长,真实得我至今仿佛都听得见弟弟背我时那剧烈的心跳,漫长得我这一辈子也走不出这生死相托的100米。我想起了佛经里的一句话:"前世的陌生人因为善缘而造化成今生生死相托的兄弟。"但愿今生的兄弟姐妹都能好好珍惜这份善缘和情缘。

在时光悄无声息的流逝中,我和弟弟告别了童年和少年。我上大学那年弟弟在读初三,聪敏的弟弟一直都是全家的定心丸,他本该也是要上大学的,但人生有太多的无常,生活的法则里没有本该和假如。临近中考时,弟弟肝炎复发,尽管大哥和二哥分别在合肥和南通联系医院给他做了最好的治疗,但医生说弟弟的求学之路定然是走不通了。就这样,弟弟中断了学业,回家当上了吴山口村会计,娶妻生子,后来又两任吴山口村党支部书记。

这期间,我们支持他在老家翻盖了三间楼房,在父亲去世的第二年,母亲和我们又为他完了婚。这些年,兄弟姐妹们都在外地工作,弟弟在山口为我们这个大家庭撑起了一个体面的门楼。逢年过节,弟弟就一家一家打来电话,要我们回家;弟媳早早洗好被单,铺好床铺,准备好每个人喜欢的菜肴。回到家中,妯娌们自然是家长里短地海谈,我们兄弟四人便通宵达旦地斗地主。冬日夜里,寒气袭人,手脚冻得发僵,我们就从堂屋斗到床上,八条腿撑起被条权当桌子,直斗得天昏地暗。欢聚的时光总是那么短暂,转眼我们各自都要回去了。临走的时候,弟媳会给我们带一些土特产品，弟弟会另外给我加上一条烟。此时此刻，我才真正体会到：世上最浓属亲情，人间至味是清欢。

那些年，回家是我年复一年的期盼，现如今，回家却成了我今生今世的心痛。2016年8月7日，弟弟被确诊为肝癌晚期。这一晴天霹雳击碎了我所有关于弟弟的美好设想，全家顿时笼罩在一片黑暗之中。尽管都知道治愈的希望是万分之一，但我们全家拼尽全力也要抓住这万分之一。知道消息当晚二哥就联系好上海东方肝胆外科医院。弟弟去上海的那天下午，我在母亲的房中安慰母亲，弟弟来到母亲的床前突然跪下，头深深埋在地下长跪不起。惊慌失措的母亲大叫一声："哎哟！我伢啦！"接着母亲就下床要拉弟弟起来。泪流满面的母亲说："伢啦，你不能先走啊，妈跟你过了五十多年离不掉你！你说过等妈百老终身的时候，你要把妈热热闹闹地从吴山口街上送走，你可不能说话不算话啊！"弟弟只说了一句话："妈啊，儿子不能给你养老送终了。"我永远都不会忘记白发苍苍的母亲和满头黑发的弟弟这最后的对话。母亲哪里知道，弟弟这一跪是要最后一次报答母亲的养育之恩，弟弟这一跪是要救赎他不能给母亲养老送终的不孝。

弟弟从发病到离世总共过了一百八十六天，在上海治疗期间是大哥、二哥、弟媳和他的儿子在医院陪伴他，我在家里服侍母亲。弟弟从上海回来就转到了省立医院，这期间，我们兄弟姐妹，每天都要安排几个人在医院里陪伴他。我几乎天天都去医院，上天赐给我们今世做兄弟的机缘，我要抓住这最后一段时光。尽管我已为他做不了什么，但我想用这陪伴的亲情之光照亮他生命的最后一程，用这陪伴的亲情之热温暖他生命里最后一个冬天，让他在另一个世界不会孤独，不会寒冷。

9月14日，弟弟本该要做第二次介入手术，可是病情突然恶化，肝脏开始出血，弟弟被紧急转院做止血治疗，经过十多个小时的抢救才止住了出血。待弟弟病情稳定下来，我回家取东西。8点钟的时候，我坐在56路公交车上，窗外车水马龙，霓虹闪烁，广场上轻歌曼舞，远处万家灯火。世界是如此美好，而这美好的世界已经不属于弟弟了，我看着想着，泪水夺眶而出。我流泪，因为弟弟是我的亲人，而这万家灯火等待的每一个人又何尝没有自己的亲人？但愿世间的人们都能健康平安，但愿世间的亲人都不会像今夜的我。

那一天，弟弟从昏迷中醒来，看到围坐在他床边流泪的兄弟姐妹，对我们说："你们都对得起我，兄弟姐妹七个，哪一个我都舍不得分手。一人一命，你们也不要难过，等我好转一些，我到你们每家过一天。"为了"这一天"，我们在寒夜里祈祷，我们在风雪中奔走，我们陪弟弟坚守了整整一个冬天，却最终也没能迎来他生命里的春暖花开。

2017年1月31日，弟弟带着"这一天"的遗憾走了。而"这一天"也成了冰封在我心中永远都化不开的心结。是否所有美好的东西都是要在失去之后才觉得珍贵？是否所有的亲情都是要在生离死别中用泪水来净化？如果不是，那就让活着的我们善待自己，善待亲人和朋友，且行且珍惜吧；如果不是，那就让天下所有的兄弟姐妹相亲相爱，心手相牵，好好珍惜这前世今生的缘分吧。

我的父亲母亲

文、图 / 张万金

深秋的夜,微弱的光线从窗口透进室内,在地板上洒下了几许冷冷的清辉。我无法入睡,索性起床,站在窗前,任思绪翻飞。

父亲驾鹤西行,相比多年前母亲逝世,我的确少了一些悲伤,多了一些思考。我的父亲母亲就像晨升暮落之阳,先是喷薄而出,继而日上三竿,再而一路向西,随着生命的结束,一切都随风而去,只有思念伴着我听秋叶在夜里沙沙作响,成就生命最后的风景。

哥伦比亚作家加西亚·马尔克斯在《百年孤独》里这样写道:"父母是隔在我们和死亡之间的帘子。你和死亡好像隔着什么,没有什么感受,你的父母挡在你们中间,等到你的父母过世了,你才会直面这些东西,不然你看到的死亡是很抽象的。亲戚、朋友、邻居、隔代,他们去世对你的压力不是那么直接,父母是隔在你和死亡之间的一道帘子,把你挡了一下……"

是的,父母就是隔在我们和死亡之间的帘子,而今我的父母都离开了,我才会直面这些东西。

母亲离开我已有数年。那时,我和弟弟在母亲的葬礼上完全

听从父亲及家里其他长辈的安排，头顶白布，点燃纸钱，双膝跪地，答谢亲友……那时的我只知道悲伤。

母亲是烈士的后代。我的外祖父是中共地下党员，解放前夕被叛徒出卖，英勇就义。三姐妹中母亲最小，她初中毕业后，两个姐姐把县里安排的读书、就业的一个名额让给了母亲。从县里的农机校毕业后，母亲成了新中国第一代女拖拉机手。

过去的苦难给母亲的身体造成了伤害。母亲开上拖拉机没多久，就经常头痛欲裂，这样的身体状况是不适合驾驶机动车作业的，母亲不得不离开她所从事的专业岗位，改行去了园林单位。在国营肥西园林场，她认识了倪阿姨，倪阿姨的丈夫是父亲的同学，就这样，她追随我的父亲到了紫蓬山下的吴山口街，从此，为人妻为人母，开始了新的生活。

嫁到吴山口后,母亲先是在商店工作,后来调到了供销合作社。在那动荡的年代,母亲作为一名优秀的共产党员,保护了许多蒙冤受屈的同志,救助了许多贫困家庭。可她万万没有想到,在工作中却遭到小人的暗算。

那年,母亲在棉布门市部上班,一连数月,月结盘点都是短款,可无论如何也找不到原因。

母亲心里坦坦荡荡,她没有从门市部拿走一分钱,可这账就是对不上。

一连几个月,母亲时而痛哭,时而站在院里向天空呆望,时而流露出轻生的念头。幸好,父亲信任她,单位的领导信任她,她才在煎熬中慢慢抬起头,可那种煎熬又是何等痛苦啊!

真相大白之后,母亲痛快地哭了一场。那时,我和弟弟还小,也不知道所以然,母亲抱着我一个劲儿地哭着说:"儿子,妈妈是清白的,妈妈是清白的!"

这事之后,母亲的精神垮了,身体也一天不如一天。

拨乱反正、改革开放之后,母亲实在是关心自己太少了,以至于疾病缠身,在她四十七岁那年走完人生旅程。

我之所以把这事写出来,是要向九泉之下的母亲说:善恶之报,如影随形。善恶若无报,乾坤必有私。如今,这话真的应验了……

岁月无声流淌。二十六年后的2014年9月26日夜,我的父亲走完了他平凡的一生。

一缕青烟,两行热泪。送别父亲,未曾有过的悲伤被暗夜层层包裹。

我把父亲的一生划为三个阶段，即无忧无虑的青壮年时期、强颜欢笑的中年岁月、孤独悲凉的晚年时光。

父亲的青壮年恰遇"文化大革命"结束，国家开始改革开放，由计划经济到市场经济的转型时期。这一阶段，父亲都生活得很如意。因为祖父经商，家庭经济较为宽裕，父亲顺利地读完小学、初中、高中，继而参加工作。后来他遇到了我的母亲，有了我和弟弟，一家三代，其乐融融。在那个做衣要布票、点灯要油票、吃饭要粮票的特殊年代，父亲在电管站工作，母亲在供销社上班，在我家乡那个不大不小的集镇，我们家的生活的确相对优裕。

可以说父亲在青壮年时期顺风顺水，勇锐盖过怯弱。可青春终究离去了，留下的记忆里有我们家的欢乐，或许还有那个年代的沧桑。

浅淡岁月是一指流沙，谁都看不到它的身影，谁都听不到它的脚步，可一切都在它的流逝中进行。

胃病是父亲步入中年遭遇的迎头痛击。胃病很常见，什么浅表性胃炎、胃窦炎、胃溃疡等等，现代医学早已一一克服。可在那个物资匮乏、医学落后的年代，父亲患的偏偏是胃病中较为严重的萎缩性胃炎。我清楚地记得，母亲带着父亲四处求医，西药吃了吃中药，中药吃了吃偏方。几年过去了，各种药吃了几箩筐，父亲的病渐渐有了好转，身体慢慢恢复了健康。

母亲去世后，生活还在继续。在后来的日子里，喝酒、打麻将成了父亲每天生活的主要内容，他的性格也变得越来越暴躁。

曾有人给父亲介绍老伴,他都一一拒绝了。在他想来,一是自己性格不好,与他人难以相处;二是考虑到我和弟弟的感受。他曾对乡邻说,他这样的生活很自由,没有什么不好的。

那些年,每逢春节,我和弟弟两个小家都回老家过年,父亲忙里忙外,很是高兴。可我们做晚辈的知道,父亲那是强颜欢笑。

我和弟弟一直在外面工作,从县城到省城,从此地到彼地,很少照顾到父亲。直到父亲患上脑梗死,右边肢体无法动弹时,我们才回家多一些。而此时,父亲已是高血压、心脏病、支气管炎等多病缠身的人了。轮椅上的父亲,晚年陷入了深深的孤独之中。

孤独是致命的。客观地说,父亲是死于病魔,可从另一个角度来看,父亲是死于孤独,而这种孤独是精神上的寂寞。寂寞是无可慰藉的牢笼,寂寞的人无所适从,焦躁不安,逐渐产生自我厌弃感,到后来,会像树上飘落下来的枯叶,在西风残照中孤零零地、漫无目的地飘舞,直至落入泥土。

窗外飘起了蒙蒙细雨,打开窗,一股冰凉的气息扑面而来,起伏的思绪就像连绵不绝的雨丝……

我的父亲母亲,此时的我不因孤单而想念你们,是因想念你们而孤单。

我的父亲母亲,这些年来我时常会在睡前虔诚地祈祷,期待在梦里与你们相逢,可往往难以如愿,醒来后,心里有难言的失落和惆怅。很多时候我们埋怨生命无法重来,其实我们没有想过,如果它可以重来,又有谁会珍惜它!经历了漫长的人生,其间有

多少沧桑、多少悲欢、多少温暖，那顷刻的顿悟、稍纵即逝的灵光，给了我多少思索、多少回味啊！

我的父亲母亲，我会常常仰望天空。如果真有天堂，希望你们以及我逝去的其他亲人们，能在天堂里相聚，并相互照顾。不求你们能赐予我什么，只愿你们不再受病痛的折磨，能有一份真正属于自己的幸福快乐，今生今世，儿心足矣。

我的父亲母亲，你们的一生或许告诉了我：一个人可以孤单，但不许孤独；可以消沉，但不许堕落；可以失望，但不许放弃！

我的父亲母亲，思念你们是儿子一辈子的事。今天我写你们，其实是在写自己，写自己在经历许多不幸，面对许多死亡后的痛与思。如此，就让我用这肆意流淌的泪水，用这蘸泪写成的文章祭奠你们，祭奠我们已经流逝的光阴。

今夜，我的泪为你而流

文、图 / 张万金

快到中秋了，窗外的月色很美。倚窗望去，深色的天幕上是圆圆的月亮，清辉遍洒，给夜穿上了一件朦胧的外衣，分外清秀美丽。这个夜晚，我的心被丝丝缕缕的悲伤缠绕着。

窗外的马路上，车轮声由远及近、由近及远。那由远及近的是十月怀胎后生命的到来？那由近及远的是生命的消逝？我点上香烟，倚在阳台的栏杆上。记忆里的灯光忽明忽暗，掩映着似水流年的风景变换。时光的剪影中，有些人、有些情，在回忆中起起伏伏。

这个夜晚，我注定无法入睡。

对李祥盛伯伯最初的记忆是四十多年前的一个春节。故乡，是一个东西走向的小街，可老人们都习惯称街北头、街南头。不管是东西还是南北，大年初一，成群结队的少年都会挨家挨户拜年。我记得，那年春节，李伯伯给我们每人发了一张面额为五角的纸币。在那时，五毛钱能买十个鸡蛋，能买四包"大铁桥"牌香烟。这五毛钱我一直放在枕头下，直到秋天才在黄家塘坊买了一块块花生糖，这也成了我儿时甜蜜的记忆。

我家与李伯伯家相邻而居,有时我会端着饭碗串门,李伯伯会给我夹上菜。有时小伙伴们会偷偷翻进李伯伯家的院里摇晃枣树,当我们把枣子装进口袋,准备翻墙离开的时候,李伯伯早站在门口,哈哈大笑,他叫我们不要再翻院墙了,从大门出去……如今,这样的幸福和欢乐都烟一般地消失,又好似在眼前,当你伸手去触摸时,它却悄然隐形。

渐渐地,我长大了。我知道李伯伯当上了信用社主任,小街的很多人在他的帮助下备足了生产资料,做生意的人在他的帮助下不愁流动资金。他在利用工作上的方便为更多人解决眼前的困难之外,还为小街的安定和谐做出了努力。那时,谁家发生争吵,谁家有个大事需要决断,都会请李伯伯到场,只要李伯伯到场,一切问题就都迎刃而解。在李伯伯的一生中或许没有惊天动地的举动,可是生活中的一些细节他做到了接近完美。平凡的人做平凡的事,总有一些不平凡的瞬间值得留恋,令我们回味绵长。

后来,李伯伯被调到了外地信用社。他每天散步都是朝着家乡的方向走,日复一日,年复一年。若在路上遇到乡邻,他便站在那儿问长问短。这是他走过重重叠叠的路,度过重重叠叠的时光之后,对家乡积蓄的重重叠叠的思念。那时,我们不知道故乡的意义在哪里。长大了,我理解了李伯伯对故乡的情感。故乡是一坛陈年老酒,在他心里搁置太久;故乡是一杯绿茶,在他心里泡的时间太长;故乡是一部记忆短片,在他心里放映的次数太多。时至今天,我仿佛还依稀看到李伯伯站在他的工作地与家乡之间的那条河流的河埂上眺望故乡……

再后来，李伯伯退休了，住到了县城。因为住得近，我会雷打不动地在每年大年初一去给李伯伯拜年。有时，我说起五毛钱的事，李伯伯还是那样爽朗地哈哈大笑，末了来一句"万金记性真好"。每次，李伯伯都会问我工作怎么样、小孩怎么样。得知我们一切都好时，他就会发出那标志性的哈哈大笑。尽管相聚时间短暂，李伯伯还是会不停地问家乡的人和事。尤其是2020年，李伯伯得知家乡新农村建设如火如荼，高兴得不得了，他说："等吴山口的建设全部搞好后，我一定去看看。"而这一切都随秋天的落叶的叹息而成永远的遗憾。

李伯伯病重期间我去看望过两次，他饮食困难，连稀饭都难

以吞咽。我清楚地记得，他说："办法总比困难多。我趁它（器官）不注意，就吃上一口。"说完，他还是笑了笑，只不过不像过去那样哈哈大笑了。八十六岁的老人如此不惧病魔，开朗豁达，让人敬佩，我只能强忍着泪，在心里默默祈祷。这期间，家乡的人们闻讯陆续前来看望，李伯伯尽管身体消瘦无力，还是拉着他们的手，想尽量多说说话，多讲讲家乡的事情。他知道自己时日无多，他知道是真的回不了故乡了……

撕心裂肺的痛苦，莫过于亲人与我们生死离别的时刻，但这一天不可避免。2020 年 9 月 25 日晚，李伯伯永远地离开了我们。

李伯伯，今天我的眼泪只为你流。

李伯伯，你虽然离开了我们，但我相信，你在天国一定会注视着你的儿女、你的亲友，注视着故乡。你的儿女和亲友也一定会带着对你的思念认真工作，认真生活，不负人生。

仰望星空

文、图 / 张建尧

今年的清明节，我因为在外地出差，回到吴山口老家已经是下午 6 点多了。我带上鲜花和祭品去给父亲上坟，回来的时候天色已晚，一个人穿行在黑魆魆的山间小道上不免有些心慌，此时满天的星斗洒下清明的光辉。

仰望星空，我不禁想起那古老的民间传说：生前邪恶的人死了之后会被打入地狱而不得超生，生前积德行善的人死后会上天化作一颗颗星星给夜行的亲人、朋友照明指路。我抬头寻找属于父亲的那一颗星星，星空浩渺无垠，忠魂静默不语。我知道父亲的那一颗星星也许不是最亮的，但一定是最炽热的，因为他一定会像生前一样给他的亲人和朋友，给吴山口的父老乡亲带来最后的光明和温暖。于是，我关于父亲的思绪和这繁星闪烁的天空连成了一片。

父亲是一名普通的乡镇医生，但他平凡的人生中有着两个近乎传奇的故事。

听父亲的同学说，高中时代的父亲虽然只是中等身材，但天生一副好身板，体格健壮，能抱得起石磙，不过父亲从不炫耀武力、恃强凌弱。那时候，社会治安还有很多的盲点，镇上的小混混经常到父亲读书的学校骚扰滋事，霸凌事件时有发生，严重干扰了学校的教学秩序，镇上派出所也多次处置，但收效甚微。于是学校保安处成立了学生护校纠察队，父亲任队长。那天，小混混又到学校敲诈勒索，还从舒城请来两个帮手。父亲先是上前制止，好言相劝，对方不但不听，反而上来就是一拳。父亲左手一挡，顺势一拐，那人一个趔趄跌倒在地，颜面尽失。气急败坏的他拿起一块砖头就砸了过来，父亲一偏头，砖头砸在教室的玻璃窗上，吓得全班同学大叫。父亲说："这是校园，在这里装粗不算本事，不服我们就到外面练练拳脚。"舒城来的一个人说："好，今天要是治不了你，从此不会踏进校园一步。"当时父亲心里也

没底，但就是为了"从此不会踏进校园一步"这一句，父亲跟他们来到了外面。双方约定，两人单挑，徒手搏击。那人人高臂长，父亲连吃他几拳，鼻子流血不止，胜负似乎已定。谁知父亲瞅准一个空当，一猫腰，两手铁钳般抓住那人的双腿来个旱地拔葱，抱起来一个翻转，把那人头脚倒置悬空。此时的父亲只要把他往硬地上一掼，后果不堪设想，最轻恐怕也是脑震荡，但父亲没有往下掼，只是问了句服不服。那人已吓得说不出话，几个小混混见状赶紧上来求饶。后来我向父亲问及此事，父亲严厉地对我说："我那时是迫不得已。现在是法治社会，你要遵纪守法，与人为善，见义可以勇为。"

如果说那是父亲见义勇为、敢于担当的一面，那么急人所难、古道热肠、行善积德便是父亲最深沉厚重的一面。

这些年，父亲分别在吴山口、芮店、花岗三个地区的医院工作过。工作单位变了，工作的科室也变了，唯一不变的是父亲的仁爱之心、桑梓情怀。提起父亲，吴山口方圆几十里的乡亲无不交口称赞。从我记事开始，家里就来人不断，都是四乡八邻来找父亲看病问诊，更多的是托父亲帮忙关照住院的家人。父亲总是热情相待、有求必应。缺东少西的，父亲从家里拿去；化验检查的，父亲跑前跑后；医药费不够的，父亲掏钱垫上。留人在家里或是饭店吃饭是常有的事。时间一长，母亲难免会唠叨几句，父亲说："来找我的，一是家里有病人，二则都是家乡人，人家是有了难处才开口，再说也是看准了我这个人。人生在世，谁没个难处？粗茶淡饭人家不怪，但要笑脸相迎，给病人和家属一些安慰。"父亲再普通不过的一番话说得母亲连连称是。这些话不仅仅是父亲医者仁心的流露，更彰显了他职业之外的为人处世之道、家乡故人情怀。

2008年，一场罕见的大雪让我记住了这一年的冬天，也让吴山口的很多人在这场大雪中记住了父亲。

那天，我要到学校领寒假作业，大门一开，雪就像塌方一样堆到家中，我真真切切地看到了以前只听说过的封门大雪。就在我踌躇着如何出门的时候，家里响起一阵急促的电话铃声，只听到父亲说："赶紧送到花岗来，一分钟都不能耽搁，现在120肯定去不了吴山口，你们抬来，我现在就去迎你们。"惊慌失色的母亲以为是家里出了事，急忙问父亲。父亲说是吴山口的一位叔叔去牛棚喂牛，大雪压倒了牛棚，掉下的房梁击中了他的腹部，导致脾脏破裂，命悬一线。母亲说："这么大的雪，路都没有，你怎么去？去吴山口的路边有几个塘坝，你要是失足掉下去，连救的人都没有。"父亲说："人命关天，顾不了那么多了。我现在不去，他恐怕在路上就有危险。"说着，父亲就要去急救室拿急救箱。我知道这时候母亲说什么都阻止不了父亲，就对他说："爸，你顺着行道树走，路上一定要小心啊。"就这样，父亲背着急救箱，顶着漫天飞雪，艰难地行进在茫茫雪地上。父亲走后，我和母亲坐立不安。在近两个小时的煎熬中，父亲他们回来了，我看见父亲和另外一个人抬着担架的前面。数九寒天，父亲的头发直冒热气，脸上全是水，也不知道是雪水还是汗水。父亲把那位叔叔抬到急救室。经过半个小时的急救，那位叔叔终于得救了，而父亲累得连说话的力气都没有。后来才知道,那天父亲迎到了大徐岗,在给他做了应急处理后,就一直抬着担架往回赶。

那一场大雪早已化成涓涓春水滋润万物、泽被生灵,而父亲顶风冒雪的背影却成为我心中永远化不开的情结,也成为吴山口人心中一座洁白的雕塑。

再次仰望星空,一颗流星曳光而去,我心中不由得一动。父亲也许就是这颗流星,热烈地生,静默地走,在天地之间留下一个最灿烂的瞬间,在我的眼中、我的心中定格成永恒。

作者简介

张建尧,男,出生于 1987 年 12 月,吴山口村人。毕业于安徽工业经济学院,曾供职于阳光保险安徽分公司、安徽中科光电公司。现从事医药销售工作。

带着您的期盼一路前行

文、图 / 许正聪

父亲是一位地地道道的农民,是一本厚厚的书,一本厚厚的让我一辈子都读不完的书。

我小的时候,父亲在吴山口大队任民兵营长,在家的时间很少,母亲一个人带着我们姊妹四人艰苦度日。有一年,父亲带着村民去挖派河,吃住都在草棚里。临走时,父亲对母亲说:"我们要克服一切困难,不要有任何怨言。作为村干部家属,你要起到模范带头作用,守护好后方家园,让在外的我安心做好国家工程。"类似的事情还有很多。在我成长过程中,我逐渐认识到父亲是一位舍小家保大家的优秀共产党员,是一位意志坚强、舍己为人的优秀村干部。

父亲渐渐老去,辞去村干部工作之后,仍然关心集体。有一年夏天干旱,村子要从潜南干渠抽水上来,给住在潜南干渠上游的农户灌溉农田。抽出的水都储蓄在我们村的一口大水塘里备用,可由于压力太大,塘埂决堤了。父亲带领村民们把装满泥土的尼龙包投向决口,可是水势太猛,投下去的包被大水冲走了。父亲二话不说,连人带包一起跳下决口。那些年轻的村民看到父亲跳下去，也跟着跳了下去，终于堵住了决口。我下班回家后，母亲一面满含眼泪地向我叙述这件事，一面批评父亲。看着父亲瘦弱的身体，我是又心疼又敬佩。

2010年3月的一天中午，我接到母亲的电话，说父亲在村里开村民代表会时晕倒了。我把父亲带到县医院检查后，才得知是胃癌晚期。许医生告诉我，手术后最多能吃上年饭。从术前检查到术后，父亲都像孩子一样依恋我，希望我每时每刻陪在他身边。有时候我不小心把他弄疼了，他也是咬咬牙忍过去，这些我都看在眼里，疼在心里。术后第四天，父亲突然对我说："小聪，你回去上班吧。虽然我很不想让你走，可是全班的孩子在等着你上课啊，我不能太自私，把你留在身边，耽误孩子们的学习啊。"当时我想把父亲照顾出院了再说，可父亲发火了："你要是再不回去上课，我就不住院了。"说着，父亲就要拔吊针。没办法，第二天我只好按时上班了。走出病房，回望一眼躺在病床上的父亲，我止不住地哭了起来。

到了12月，父亲的病复发了，已经不能吃东西，也不能下床了。12月18日那天，父亲很难受，我让村卫生站的医生给父亲吊水，我想等父亲水吊完了再回去上课，父亲却拔掉针头，执意要我回学校。我知道，父亲是个党性很强的共产党员，他不想我因为他而影响给孩子们上课。

父亲去世前一夜，是非常痛苦的，我当时和父亲住在同一间屋里，他尽力地控制自己的叹气声，是为了不影响我。长这么大，我没经历过与亲人的生离死别。我当时哪能知道父亲就要离开我，我以为父亲还有明天。那晚，我在父亲的床边，跟往常一样，批改作业、备课、写教案，每次我伸头去看父亲的时候，他就装睡，好让我安心工作。那天的凌晨6点35分，父亲永远地离开了我们。

这就是我的父亲——许存厚，他没有给儿女们留下金钱，却给我们留下比金钱更宝贵的东西：爱岗敬业的精神，坚韧不拔的品质。

不久后的一个夜晚，我无法入睡，拿起笔写了几段文字：

  我知道，您已经把我遗忘在河的对岸。暮色渐渐深浓，秋天的田野一片枯黄，您喜爱的庄稼即将成熟。我们的村庄，依然寂静、荒凉，逐渐隐没在黑暗中。

  您的衣襟带着涉水而来的潮湿，您终于到达彼岸。我似乎看到您侧耳倾听鸟群远飞的情景，您面容平静，再无痛苦。

  您在出发的时候，记得紧握住我的手不肯松开，我怕您找不到我的气息，找不到我，一整夜我都抱着您。这样当我们再相见的时候，即使我已经非常苍老，您也会记得我。

  我为您穿上渡河的衣服，送您渡河。我所做的一切，都像是在捕捉风，手里一无所有。没有谁能够因为不舍而获得怜悯，所以我们放开了彼此的手。

  我的船还没有过来，但终究会划向您……

家是最小国，国是千万家，父亲舍小家为大家的作风一直潜移默化地影响着我，他淳朴的品质也一直被我们珍视为优良的家风。我得益于这种优良的家风,也希望以此去影响我们的下一代。

言传不如身教。在父亲的影响下,我秉承了父亲的做人原则,爱岗敬业,无愧于自己的岗位。我成为一名优秀共产党员,合肥市语文骨干教师,合肥市"优秀班主任",合肥市"学生心中的好老师",肥西县首届"最美乡村教师",肥西县"师德标兵",肥西县宣传部宣讲团成员。

在吴山口小学的讲台上,我一个十八岁的小姑娘,轻轻地走来,且一站就是二十二年。人的一生,又有多少个二十二年啊!我用自己最宝贵的青春年华陪伴着吴山口村孩子的童年,我是快乐的,我的付出是值得的。

2017年8月,通过选调考试,我有幸被合肥市南门小学上派分校录取,由此开启了我人生新的篇章。离开吴山口而心系吴山口,在我内心深处,我丢不下工作了二十二年的吴山口村,丢不下吴山口村的孩子们,这些孩子已经在我心中生了根,我放不下他们。于是我思考,我不能站在吴山口小学的讲台上给吴山口村的孩子们上课了,

我还可以为他们做点什么呢？2017年12月，通过努力，我在一个"乡村教育基金会"为肥西县吴山口小学的每个学生争取到一件高档羽绒服。孩子们穿上羽绒服后那甜甜的笑，让那个寒冷的冬天温暖了起来。

父亲，这些年过去了，无论身处何地，无论春夏秋冬，我都把您记在心上，带着您对女儿的期望一路前行。

作者简介

许正聪，女，1976年出生于吴山口村杨店，现任合肥市南门小学上派分校教务处主任，高级教师。曾荣获合肥市"优秀班主任"、合肥市"学生心中的好老师"称号，被评为合肥市语文骨干教师、肥西县优秀教师、肥西县首届"最美乡村教师"、肥西县"德育先进个人"、肥西县"思政星教师"。肥西县委宣传部宣讲团成员。在教育教学专业技能竞赛中，获国家级、省市级奖项100多次。

人生如茶

文 / 余成菊　图 / 程汉生

我写父亲，得先从爷爷写起。

我家祖上与佛门结缘，爷爷余道古年轻时是裁缝，手艺精湛，曾用 108 块碎布为紫蓬山住持大师做袈裟，为紫蓬山出家人定制披风。父亲年幼时，为了生计，九岁便跟随爷爷学习缝纫技术，后来因心灵手巧被紫蓬山住持大师看中，收为贴身茶童。随住持大师期间，父亲又曾被大师推荐到合肥明教寺住持身边做贴身茶童。

父亲的一生，为我们兄妹七人做出了榜样。父亲十三岁时，因家境贫寒由明教寺回到古街吴山口居住，与爷爷一起，在吴山口街开了第一家裁缝店，为吴山口人裁制衣服，维持家庭生活。那时父亲是家里长兄，因奶奶去世早，家庭的重担就全部落在他身上。父亲在地主陶中三家打柴放牛时，看到别人在私塾念书，他就在学堂窗户外偷偷学习识字。一直以来，吴山口人都弄不懂，一天学堂门也没进过的余明贵怎么后来就成了吴山口油厂、吴山口铁木业社、吴山口综合厂的主办会计。长大了，我们才知道，父亲偷学、自学，付出了数倍于常人的艰辛。

父亲一生视茶如命，每天早晨起来，先烧一壶开水，泡上一杯家乡的茶，那是一种习惯。父亲除了爱喝茶外，还喜欢抽烟。十七岁时他便学会了抽烟，就这样一直抽到八十七岁。

父亲年轻时便加入中国共产党，是地方上党龄最长的老党员之一。在我上小学三年级时，学校组织"忆苦思甜"大会，作为老党员，父亲被推荐上台，在大会上讲述苦难历史，让我们这一代人泪流满面。父亲教会了我们怎样做人。

父亲一生涵养颇深，在吴山口老街被起外号叫"余大肚"。这个"肚"并不是肚子的肚，而是肚量大的意思。在我的印象中，父亲从不与人计较，自幼就有领导才能。因我家弟妹多，生活困难，父亲在乡镇企业解散后回到家里还学会了种田。父亲一生受

了很多苦，知道不学知识将来没有前途，所以他让我们兄弟姐妹走出家门，到外面去学习、发展。父亲"宁愿苦自己不能苦孩子"的教导方式，也让我们在以后的生活中不与人计较，以理服人，公平正直，吃苦耐劳。

父亲的一生如家乡的茶，微涩中带淡淡的甜，最让人回味。

人生如茶，茶如人生。生活如一杯水，浓一点淡一点，只要懂得品鉴，就会回味无穷。

喝茶、品茶都需要安静。我受到父亲的影响，也喜欢安静，在安静中品品茶，品品人生。每当我在闲暇时端起茶杯，向家乡的方向眺望时，父亲品茶的画面就在眼前浮现。此时，我会不由自主地瞅瞅自己，会心一笑，此时的我就是父亲的样子。

作者简介

余成菊，女，1966年5月13日出生于吴山口。1+1美容养生会所院长，韩芝草化妆品有限公司总经理。曾任第十二届中国纹绣大赛专家评委、黄山国际美容美发节化妆组评判长。

刻在心里的代销店

文 / 周本春　图 / 王月敏

对于吴山口的记忆，刻在我心里最深的还是位于街南头的代销店。

代销店是我爷爷开的，这不重要，重要的是我在那里可以经常见到我那病中的父亲。父亲的聪明与才学我都是听我妈妈和兄长们说的，早年400多名考生报考肥西中学，父亲名列第一。

父亲尽管有病，身体一天不如一天，但他总是教育我："书中自有黄金屋，书中自有颜如玉。"二哥生活好转的时候，为了给父母增加点生活乐趣，给家里添置了一台黑白电视机。父亲和母亲总是爱在晚上看看新闻，而我总在周六、周日偷看电视。也就是从那时起，我通过电视了解了外面还有更大的世界。我最爱看的节目一是跳水和体操，二是唱歌，而每每此时，父亲总是在一边唠叨："不要老是看电视了，赶快去读书。"而我也总是享受这份难得的父爱和温存，关上电视，假模假样地拿起书本坐到门口。

父亲是国家公职人员，在那个年代这是让很多人羡慕的。因为父亲的病，家庭重担全落在母亲身上。兄弟姐妹多，所以母亲在生活上非常节俭。我上初中时，家里的哥哥姐姐们都已成家立业，只有我跟随父母住在两间小草棚里，屋里除了父母和我的两张床外，就剩下一个水缸，一张书桌。每到周六，那搭在水缸上的一块木板餐桌上，一个菜是父母一成不变的老腌菜，另一个菜要么是肉烧豆腐要么是瘦肉汤。母亲告诉我，父亲总会在周六的早晨去吴山口街上买点肉，说我在学校生活苦，买点肉给我补补身体。

父亲离开我已经有二十六年了。父亲是在我去部队的第二年走的。我在部队的一年多，每周和父亲保持着书信往来。后来听母亲说，父亲每天都要去爷爷的代销店（那里又是邮政代办所），说小春子今天肯定有信来，只要一天没有收到我的信，他就天天去，不管是刮风下雨还是暴雪雷电。虽然从村里到吴山口代销店

只有一公里的路程，但是父亲走起来十分艰难。母亲说，自从我当兵离开家的那天起，父亲除了去代销店收我的信，就是坐在我的床边再也不愿出门，他总是喃喃地说："我真想他，我真想他。"母亲说，父亲从来没有这么想过自己的儿女，也许是我离家太远，也许是他担心自己的身体，害怕再也见不到我了。

真的，自从当兵离开家的那天起，我就再没有见到我的父亲了。

父亲在我参军一年后永远地离开了我。母亲怕影响我在部队进步，没有让家人通知我。我是在几个月没有接到父亲的信之后突然觉得不对劲，而从部队请假回家才知道的。那个彻骨寒凉的夏夜，我辗转找到父亲的坟头，号啕着向父亲诉说我的梦想……

父亲离开之后，我就再也没有去过代销店了。可那被代销店屋檐雨水凿出石臼的青石板，依然在我睡梦中诉说着我和父亲的故事。

作者简介

周本春，男，吴山口东陶洼人。1993年至1998年在海军部队从事新闻宣传工作，先后在《解放军报》《人民海军》《人民前线》《中国海洋报》《厦门晚报》等众多报纸发表新闻及文学稿件百余篇。退役后任职于某港资上市企业，担任企业高管多年。2016年10月定居合肥，创立了观念斋中医养生文化企业。

走进古街

张泉 / 摄

古街小雨润如酥

文、图 / 郑锦凤

"天青色等烟雨,而我在等你。"

老街与我,谁在等谁?

站在吴山口老街城门楼下,渺小得如蚊虫的我,心生遗憾:初次靠近老街的我,仅占了地利与人和,天时所呈现出来的天青色彩,没有如期而至。但是,在既来之则安之心理的安慰下,我穿过城门,映入眼帘的青灰色,让我内心的"安之"瞬间就有了美好延续——天色的阴沉沉、灰蒙蒙,与老街古朴内敛的青灰色主色调相映成趣,完美契合。

有了美好作为牵引,双脚忍不住就踏上了蜿蜒向上的街道。目测一下,这是一条可容两辆马车并行的古街,用青灰色的长方形石板铺成。沾染着春天湿润气息的双脚踩踏在光滑的石板上,足下轻音渐起,一如流水潺潺的声响。

有街必有市。林立在街边的店铺,如超市、药店、饭店、理发店、菜种店等,基本都是开门迎客的状态。但又或许是春寒料峭的缘故吧,徘徊在店家门前的客人少之又少。乐得清闲的店主们,三三两两地聚在一起聊天。循着人群放眼望去,最吸引人眼球的,当属坐在门庭下一把竹椅上的耄耋老人,一块旧粗布搭在老人的双腿上,也遮盖不住她着装的整洁、精致与协调。这个满头白发的老人,正在侧耳倾听附近店主们的闲谈,通过她恬静的浅笑,可以窥见老人大家闺秀的风采依旧,也让人忍不住去想,到底是怎样的民风与家教,才能养育与润泽出这样让人过目不忘的仪态?

带着这个貌似找不着答案的问题,走过一段石板小道后,我已来到北炮楼下。没有任何预兆,一只猫突然出现。我用友善的目光与高度戒备的它对峙了大约两分钟后,它丢给我一个仓皇的背影,钻进杂树林里。它那失态的逃窜、惊慌的哼唧,让人忍俊不禁,也让我轻易地就能想到:我身边高大挺立的炮楼,可不是苍白的摆设。一百多年来,它威严地存在着。曾经数不尽的日子里,在灾难来临时,它为这一方土地之上的百姓通过风、报过信,成为古街的耳目。

不过,一方土地之上的"平安"二字,说来容易,其实,从"平"到"安",大多会有着百转千回的波折。一个囊括数十种业态的街市,从旧时代不可避免的打、砸、抢、烧,到之后难以避过的天灾、人祸,历尽劫难。老街一户人家门前的一棵形状怪异的树,似乎证明了我的这一说法。好在,老街历经沧桑后,遇到了真正的好时代。在墙体开裂的吴山口公社旧址不远处,一面写有"吴山口印象"的白净墙体,还有高居墙体上的粗壮短木柴,仿佛就是吴山口老街华丽转身的见证与呈现。是啊,从曾经的市声鼎沸,到一段时期内整体业态的凋敝,又到好政策的春风吹来,老街有幸重新吸纳众多良性的关注与扶持，从内涵到外延，都有了高层次的提升。

迎来新日子，不忘旧时光。旧时人家用过的小瓶大罐，有的是罐身有细小的裂纹，有的是瓶口缺损了一小块瓷片，它们不再有机会占据居民的美好生活空间，却也未被草率地扔进垃圾桶里，而是被镶嵌陈列在一方矮墙上。这样的布置，我猜测其目的有二：一是可以成为久居城市的人眼中别样的风景；二是可以让老街的居民在好日子中忆苦思甜，自我鞭策，继续奋进。

有一种奋进，绝对是关于知识积累的。直到看到掩隐在高大树木下的吴山口小学，我才敢为自己的结论松一口气。我追寻的那个答案好像也找到了——那个端坐在竹椅上的优雅老人，她或许在旧时的私塾中读过书、习过字。众多不同时代出生的老街人，陆续进入村小，接受知识启蒙。在知识和风细雨般的感召下，一些人在身体上与老街渐行渐远，又渐行渐近。同行的人中，就有这样两位亦师亦友的人，他们一人在省城工作，一人在县城工作。在穿行于吴山口老街的大小街巷时，这两个友人分别将自己出生、成长的老屋指给众友看。他们挺立于旧居前衣冠楚楚的姿态，及投足举手间体现出来的儒雅，我认为就是一种精神层面的衣锦还乡，更是一种对老街深厚文化底蕴的亲切回报。

也是在穿行于老街时，白墙上的"吴山口印象"五个字、难以舍去的家用器物、同行友人的旧居，让我的思绪立即就跑回到故乡的街巷。我的故乡在贵州的大山里，那里也有一条老街，叫天龙屯堡老街，据说，她与江淮山水有着千丝万缕的关联。我也

曾用温柔的目光轻吻过她的一花一草,我也曾用双手拥揽过她的一些砖块入怀,我也曾用轻快的脚步丈量过她的每一寸平铺展开的肌肤。

　　立足于吴山口的街巷,有一种似曾相识的感觉。我眯起双眼,一道既模糊又清晰的身影出现在我的脑海中:轻盈的我在一瞬间,穿越万水千山而去,低头钻进那间低矮的农家小屋。从雕刻有花纹的橱柜里,我把装油装盐的土陶罐子端到泛着青灰色的土灶台上。忙碌一番,提上刚煮好的饭菜,走过纵横阡陌后,我就站在寨子前面吴山口处的小石坡上,远远地向正在坡地干活的母亲大声喊叫:"妈,我给您送饭来啦!"

　　一幕又一幕关于吴山口的影像,像放电影一样在我的脑海里播放。

　　远离故土,我承认只属于自己的乡愁,大多是机缘巧合引发的情感反刍。哪像吴山口老街的人,幸运如初。他们从小到大,会有一段幸福的时光在戏台下度过。隔三岔五地,看上去约有城门楼高的戏台上,京剧唱罢,庐剧登台,全是真人表演,那轻飘飘的水袖长衫,那荡悠悠的帷幔轻纱,如此摄人心魄,让人羡慕。就连盛行很多年的广场舞,也有机会成为戏台上的主角。文化的相互渗透、兴趣的相互包容,在吴山口老街的戏台上体现得淋漓尽致。

我是清楚的,我的故乡黔中平坝,山地多,水域少。这就是我游览吴山口老街的山水时,更青睐于春水悠悠的一口口池塘的最根本的原因。站在松软的春泥上,目光越过一树樱花,我望向池塘中浅浅的春水。属于老街的这个春日,春意确实只在枝头喧闹,只在短浅的青草上欢腾。春天大范围的浸染,还待些时日。每一口池塘,都还没有真正获得春的眷顾。无论远眺,还是近观,冬天遗留在池塘中的,只有干枯的芦苇,它们委屈地静立于水中。好在春鸟已在水边啁啾,它们的叫声一定会把春塘唤醒。南瓜黄的木制廊道,也正迤迤逦逦着把岸上的春意及我们这些游历者的期盼向池塘中输送。我相信,在可以指数的日子里,被季节遗忘的苇草、深埋在淤泥中的莲藕,都会迎来自己绽放活力的季节。到那时,老街的亮丽风采也会随之绽放。

像画一个满圆一样,把吴山口老街走了一圈,脚步的起点也成了终点。再次站在老街的城门楼下,初来乍到时的遗憾已无迹可寻,内心满载的都是意料之外的收获。我沾染着些许春泥的双脚,也久久不愿意离开泛着古韵的街口。我借机聚拢目光望向远远的狼大山，山体仿佛就在几十米之外。目测之际，正好有风从山口处吹来，徐徐地，徐徐地……

三月的小雨，娇柔得身不由己，它们随山风飘飘洒洒，一些雨滴坠落在我的身上。我自信地把自己比作温柔清秀的江南女子，正行走在江南水乡有雨花溅起的青石板小巷中。被我定位为尤物的油纸伞，也不必非得在他人的眼里撑起。来自大山深处的我，是多么迷恋淅沥的春雨啊。我不光对山间的雨怀有一种特别的情愫，而且沉迷于它们的涤荡。

此时此刻，衣衫仿佛还在被吴山口的三月雨轻敲潮润，就像是被故乡的山间小雨滋润，五脏六腑随即酥酥，软软，暖暖。我便在心中套作出这样的诗句：古街小雨润如酥。

作者简介

郑锦凤，女，原籍贵州，有多篇散文作品见于报刊。多次参加征文比赛并获奖。散文集《原色》于2020年出版。现为安徽省作家协会会员。

古街的一次华丽转身

文 / 王琼　图 / 王月敏

　　车入森林大道，紫蓬山的翁郁就扑面而来。转环山路，车行2公里便见一古城门，城门上有三个隶书大字：吴山口。

　　从吴山口大门向左，一条路通向老街。但见青山环抱、河塘棋布，满目禾田白鹭、绿树繁花。随午后的阳光走进老街，心中涌起颇多感慨：四百多年的日升月落，多少日子成古旧，多少鲜活变枯萎，多少繁华化云烟，而老街依然是老街，怀抱着悠悠往事，在时光的一角定格。

　　老街上了年岁的人，对原先被岁月打磨得光滑如镜的青石板街道印象深刻。他们回忆说，街道两边家家都有很宽的廊檐，用高高的树柱撑起，让赶集的人能避雨；而且家家都有石头凿的四眼涵用以排水，所以街面不积水，新媳妇下花轿，就是雨天也不湿红绣鞋，孩童们更是喜欢光着脚在青石板街上玩耍、飞跑。那年老街修水泥路，告别青石板，老街人不舍，家家都放起鞭炮，用隆重的方式来告别。最后古老的青石板被留下来了，埋在水泥地面下，依然默默延续着老街的岁月。如今打造圩堡古集文化旅游村，老街及周边重又铺上了青石板，老街人的记忆被唤醒了。

沿街慢行,展现在眼前的是崭新的外墙和老旧的门面。放眼望去,两边青砖门楼、镂空花墙、飞檐翘角。但一路近观,各家的样式不尽相同,间或有红墙平顶的楼房和民国风格的红柱白顶的半圆门,呈现出不同时代的老街风情。后来,听设计的人说这叫"时光之旅"。

街两边人家大多是两层楼房,朝街的大门都很大,有木门、铁门或玻璃门,多为三扇或四扇。古话"门阔好迎客",现在门阔除迎客之外还可供车子进出,便于临街做生意。从大门向里望,院子都很深长,院中种树栽花,圈养鸡鸭。后面大多还有几进房屋,后院门外是山水田园。在这样山明水秀的地方,有这样前街后院的住宅,是多少城里人的梦想啊!"看得见山、望得见水、记得住乡愁"在这里真的不是虚言。

老街虽然不长,却有多种超市,化肥农药、兽药饲料销售点,

理发缝纫店，饭店早点店，菜鸟驿站，打字复印店，婚纱摄影店，光伏发电代理点，便民药房，等等，一应俱全，传统和现代气息融为一体。

在街北头，我拜见了一位姓卞的先生。卞先生说家谱记载他的祖籍是山东泗县，后来迁居扬州，"靖康之乱"后从扬州"跑反"来到此地。"靖康之乱"即金人掳走北宋两个皇帝，北宋灭亡这一事件。算了算时间，距今有近九百年了，那就是说，卞先生祖上来此地，比吴山口老街建立还早几百年。我不禁猜想：明朝之前，这儿也许就是小有名气的集市了。或许有中落，到了明朝，吴姓大族出资正式修建街道，史书才有记载。不然，卞氏先祖为何迢迢来此定居？卞先生说，听长辈人说，20世纪三四十年代，这里有一条土大路，舒城、六安、山南的小商小贩肩挑货物或手推小车去合肥，走了一天，都在这儿歇脚，因而带来这里旅馆、茶馆、饭馆等的兴旺，盐、粮食、茶叶、山货、布匹等货物也在此集散。山上的僧人下山采购物资也来这里。街上有牛行、米行、木行、油坊、糖坊、染坊、烟馆、当铺，还有篾匠铺、铁匠铺、香烛铺等等。老街的几个茶楼除了唱戏就是说书，外面的人来说书有时能连说几十天，十分热闹。原先老街只有吴、程、黄、解、卞五大姓，随着人口流动，姓氏就渐渐多了起来。

沿街慢行，可以随意地和遇见的人说话，像是早就认识，没有陌生感。也可以随意走进人家看看，淳朴善良的老街人都会热情地招呼你。不经意间，周身就熏染了浓浓的乡情。一家早点铺门前有一个大炉子，炉洞里放的是木柴。我走进门，看见堂屋的桌上和案板上晾着许多做好的糍粑、狮子头、包子等。女主人说这些是第二天村里要送敬老院的，300个，今天做好，明天一早油炸，不然来不及。虽然还没油炸，但放了作料的糍粑、狮子头闻起来很香。想起一个同事和我说过，乡下集头的点心比城里的好吃，我深以为然。以农家自产的米面为原料，柴火烧灶加上纯正的菜籽油，做出的点心当然好吃，也恰是自家的味道、家乡的味道。

走进一家理发店，里面陈设简单，理发匠给人理发后，将一把老式的刮胡刀在一块油光光的"荡刀布"上快速荡过后，给人修面。记得小时候听大人骂孩子衣领、袖口穿得很脏，就说像"荡刀布"一样。看到现在还有这样的物件，颇觉好奇。

在一户堂屋放着电磨的人家前，我再次驻足。这家房子上下有七八间吧，主人两口子较年轻。想起卞先生说老街的年轻人大多像他家里的孩子，大学毕业后在外工作，有的在外做生意，留在老街的大都是老年人，自己五十多岁算是年轻的，但这两口子看上去也就四十岁左右的样子。女主人带着我，参观了她宽敞明亮的家，还领我上楼，看了建在她家屋后的徽派风格的村子。回到堂屋坐下，男主人说自家做土特产年糕、粉扎九年了，已注册商标，上派、合肥、六安、滁州、上海等地都有人来买，每年从八月中秋做到腊月二十九，供不应求。他用的原料都是本地优质的米和黄豆、绿豆、大青豆。将原料洗净泡好磨成浆后，用柴草烧大锅蒸摊，吃过的人都成了回头客，并且一传十、十传百，来买的人越来越多。他告诉我他叫许长柱，给了我电话，嘱我冬天要买年糕、粉扎就联系他。我想这就是吴山口老街人百年的经商之道吧，他们用心做事、热忱待人。

吴山口老街有人种树、种水稻和经济作物，也有很多人经商，言谈中感觉他们家境都很殷实。一位老奶奶坐在家门口，身后的墙边晒着一排新收的芝麻。她说往年至少收20斤菜籽，今年雨水多了，收得少。我问："菜籽到哪换油？"老奶奶笑呵呵地说："到哪都行，哪家没有车子呢？"旁边一位老人说："我家儿子一人一辆车，共四辆车。"我听了有点惊讶。后来在村部，杨珍学书记证明了这点。她说，街北头停车场已建好，但远远不够，准备再建一个停车场。

这时一辆黑色轿车停下，开车的人和乡邻打着招呼。我了解到，他也是老街人，名叫余成林。他在县城开了一家叫"福林小厨"的饭店，还在家乡承包了1000多亩山，建了福林农场，现在又在做建筑装饰材料，通过努力打拼，诚信经营，事业做得很好。他说老街建好了，会回来发展。这让我想起吴山口老街的旧称"小金斗"，圩堡古集文化旅游村的规划，不仅要复兴百年古街，还要打造精品苗木、观赏花卉、特色水产、特色采摘等特色农业以及乡村体验、古法手工、田园休闲、特色餐饮、民宿客栈等乡村旅游项目，这给紫蓬山旅游增添了新的亮点。旅游文化产业的发展，给老街的人们带来更多的新的增收致富产业，日子就更好更美了。

为了弘扬家乡的淮军文化，与紫蓬山上的淮军文化园一脉相承，街道南北仿建复原了两座碉堡。老人们说，原先淮军统领修建了三座碉堡，外有壕沟、吊桥，内驻一个班，有机枪守卫。我随意从街边的一个巷子穿过去，想看看后街，却看见了北碉堡。青灰色的碉堡在绿树旁矗立着，三层窗式的射击孔透着威严和神秘。站在碉堡旁，看着不远处弥漫着山岚雾气的狼大山，不禁生出"昔日柴门荣光焕，不见将军踏马还"的思古之幽情。驰骋疆场几十年的淮军，在中国近代史上留下了浓墨重彩的一页，直至今日，影响仍在。

距碉堡不远的一户整洁的平房前，坐着一对老人，见我来，他们微笑地看着我，和我说话。在老街转悠时，遇见很多看上去年岁很大身体却很结实、精气神很足的老人。这里的人多长寿，八九十岁甚至上百岁的不少见。两位老人的家门前有小水塘，塘边开满了凤仙花和秋英，家门往右是一条小路，路两边有百日菊和大丽菊，有一片菜地，种了南瓜、豆角、青菜和辣椒，其余是葱茏茂密的树木。入眼皆美，不加修饰，这儿也是最美的乡居民宿。老人说，他家不种田，只种树。知道我特意来看老街，他告诉我戏台建好了，河边的彩色步道也修好了。

健身步道是沿着街边的河塘修建的，海洋蓝和天空蓝并行，中间用黄色隔开，两边白色镶边，给人愉悦宁静的感觉。杨珍学书记告诉我：村里的塘边都有步道，总长4.6公里，路旁安装了路灯，方便村民晚上行走。每一口塘都种了莲荷、香蒲草等，都打造了木栈道，有的穿塘而过，有的建在塘边。眼前的塘中木栈道上有水车木雕，前面的塘中木栈道上是四方亭子，塘边建有供游人休息的凉亭。河边绿树参差，山花烂漫，村村通的道路穿插其中。木栈道上有两个城里来的美丽妈妈在拍照，她们的孩子在用小石子打"漂漂游"，快乐的笑声让塘中的荷花开得更欢。

老街也是有梦的。虽然历经几场大火，历史遗存严重毁损，但精神仍在，一代代人身上延续着老街的厚道和风骨。青山常在，绿水长流，岁月总有遗珠可寻。

从美丽乡村建设到打造古街，老街正在完成它的又一次华丽转身。

夕阳西下，我转回老街，走向来时路。蓦然间，我看见一群小鸟飞来，停在街头的电线上。空中的电线像是一根根琴弦，小鸟们如一个个琴键，似乎它们一跳动，就会流淌出音乐来。是什么鸟呢？我停下脚步抬头张望。晒芝麻的老奶奶对我说："是燕子！"是的，我看到它们俏丽的剪刀尾了。"燕子以前都在家屋檐下的，现在老街在修建，它们每天都回来看看。"燕子可是祥瑞之鸟啊！和它们相见，享受它们的集体目送，我满心欢喜。

作者简介

王琼，女，中学高级教师。合肥市作家协会会员，安徽省散文随笔学会会员。作品散见于《安徽日报》《合肥日报》《西部散文选刊》《长江诗歌》等报刊及十几部散文集、诗集，曾多次在征文比赛中获奖。

"茶马古道"上的驿站

文 / 董光巨　图 / 张泉

初识吴山口,缘于早年间父亲的回忆。

1948 年冬天,朔风凛冽、天寒地冻,眼看着年关就要来临。过年,那是穷苦人家的一道坎。二十来岁的父亲,为了生计,迫不得已,与同伴一起从山南老家出发,挑起百余斤重的木炭,踏着积雪,深一脚浅一脚,步行 45 公里去合肥城卖炭。一路上,赶集的行人肩挑背扛,挑柴火的、担大米的、卖牲口的……迎面

不时有赶着畜力车从城里进了洋布、肥皂、煤油等商品返程的商人，汇成了一条长长的人流。行人肩头的扁担发出的吱呀声、脚踩积雪的咯吱声、赶牲口的吆喝声，以及清脆悦耳的铃铛声，汇成了一曲雄浑的交响曲，勾勒出一幅雪天赶集的热闹场景，行人川流不息地从老街门前进进出出。

晌午，父亲与同伴们一行进入吴山口老街，放下担子歇脚。从店家倒来开水，吃点干粮，之前还是一身热汗，歇下来不免有些寒冷。稍后，父亲系上刚买的那条御寒围巾，挑起木炭，与同伴们一起向合肥城走去……

听完父亲的讲述，那时年少的我第一次知道了吴山口。我打开中国地图，试图寻找那一条经过吴山口去合肥的小道，那是父亲永远的记忆。

再识吴山口，已是2021年春天。我随朋友赴吴山口采风，试图寻找途经吴山口去庐州城的那条"茶马古道"，寻找七十年前父亲的足迹。

历史上，在我国西部地区有一条茶马古道，它是内地和边疆贸易往来形成的民间商贸通道，也是西部民族经济文化交流的走廊。明清以来，合肥城西南也出现了一条民间商贸通道，被人们爱称为皖中的"茶马古道"。这条古道上，吴山口老街便是最重要的驿站。

老街不算长，宽度也只能容下两辆马车并行。街道为青石板铺就，青石板温润如玉。老街位于古庐州、舒州、六安州、寿春等州县的中心，东西南北均有官道直通各州城，过去是孙集、山南、双河等地去庐州城的必经之地。吴山口老街又因濒临紫蓬山的西庐寺，每年有两次大型庙会，香客云集于此，热闹非凡。过往行人、贩夫走卒大多在这儿短暂歇息，形成了老街繁华的旅店业、餐饮业，老街人头攒动、生意兴隆。

站在远处看吴山口，其两面依山，层峦叠嶂，到处是一片绿色的海洋。近观，道路两边各种不知名的花五颜六色，争奇斗艳，把吴山口村装扮得分外美丽。池塘星罗棋布，平静的水面似一块块明镜，倒映着吴山口老街飞檐翘角的古城楼。

面对纵横交错、四通八达的道路，我诧异了，哪里能找到父亲当年走过的那条小道？

沿街观景，各家门前装饰不尽相同，青砖门楼、雕栏玉砌、飞檐翘角的明清老街映入眼帘。间或有红墙黛瓦的建筑点缀其中，亦有民国风格的梁枋、斗拱、半圆门建筑，体现了设计者的匠心独运，让人仿佛穿越时空，恍若隔世。

在新建的吴山口村游客服务中心，我们看到青砖黛瓦马头墙的徽派建筑，雄伟大气。广场前楼台亭榭，鲜花绽放，草木葳蕤。小型停车场旁边有一株有着六七十年树龄的榆树，高数十米，枝繁叶茂，生机盎然。我们来到后街，在人行道旁还看到一棵有年头的杏树，枝干遒劲，斜出路面。盛开的杏花，姿态娇艳，似胭脂万点，粉红色、白色的小小花朵绽放出春天的气息。一场春雨,落英缤纷,让我想起宋人的绝句"沾衣欲湿杏花雨,吹面不寒杨柳风"。

吴山口老街步步皆景,步移景异,吸引众多游人驻足观光。

如今,小小的吴山口街道上已有六家饭店,家家生意红火。在游客服务中心旁边,有一家"叶凌酒店",酒店正门对着老街,从后门拾阶而上,只见店面干净整洁,装修简朴淡雅,有大厅,也有多个包厢。老板叶凌一手家乡菜烧得很地道,且诚信经营,价格合理。三年前,叶凌夫妇曾在市区井岗镇开了一家餐馆,后听说老家吴山口街道正在打造明清老街,于是毅然回乡开了这家饭店。吴山口村的杨书记欣喜地告诉我,春节前叶凌已在县城购买了商品房。县城的房价均在每平方米一万四五千元,"生意不好能买得起房吗"?我深以为然。

老街上的许长柱师傅家,前店后坊,干净整洁,手工生产年糕、粉扎,寻常日产量六七十斤,逢年过节需求量增大,只好加班加点。他还注册了"吴山口老街"商标。由于选料实在、口感筋道,外出的吴山口人临行前都要买上一些,自己食用或馈赠亲友。他们带去的不仅是家乡的味道,更是满满的乡愁。

吴山口人杰地灵。早年从吴山口老街走出去的人数不胜数,其中不乏成功人士。改革开放以来,每年考出去的莘莘学子,外出的务工者、经商者,他们带着吴山口人特有的聪颖智慧、淳朴善良和吃苦耐劳精神,在外闯出了一片天地。

俗话说，一方水土养一方人。这里民风淳朴，居民多长寿。今年九十六岁的程奶奶，身板硬朗，每天还能喝点小酒。九十二岁的艾光友老先生退休前是吴山口小学的教师，老两口住在老村址南边的二层小楼里，门前干净整洁，绿树掩映，鲜花绽放。老人家耳聪目明，步履矫健。街上随处可见八九十岁的老人，吴山口老街不愧是休闲养老、颐养天年的福地。

我们漫步于吴山口老街，徜徉在门楼前宽阔的沥青公路上，放眼望去，紫蓬山风光近在眼前，西庐禅寺的佛塔清晰可见。紫蓬山脉犹如神来之笔，在肥西大地上挥毫泼墨写下浓墨重彩之后，向东缓缓收起它犀利的笔锋……

此行，我还是未能找到父亲当年走过的"茶马古道"。我想，那条古道其实就在我们的脚下，它是存在的，只不过它已湮没在红尘之中，在历史的深处。

作者简介

董光巨，男，肥西县人，合肥市作家协会会员，安徽省散文随笔学会会员。文章散见于《新安晚报》《北京晚报》《散文选刊》《西部散文选刊》等报刊及网络媒体，有多篇文章获奖，有文章被编入年度散文集。

那是一段坚不可摧的历史

文 / 周芳　图 / 程汉生、徐启玖

一直对炮楼有种复杂的情感，最先忆起的是那种打开心胸、心旷神怡的感觉。若要追溯，应追溯到童年时。

那时，部队有一部分营房建在一个山坡上，外围有一个废弃的炮楼，砖泥混制，我平时经常和小伙伴们在附近玩。突然有一天，我望着断壁残垣却仍高大的楼体，有了爬上去看看的念头。别的小伙伴正在捉迷藏，我一个人悄悄地往上爬，一步一步，虽明显感觉到砖的松动，但不知害怕的我，终于站上了最高处，顿时有种无以言说的奇妙之感。半山腰有零星的村居，附近的营房、操场、卫生所，还有我们的家，都在我的脚下。

不久，那废弃的炮楼倒了，重建了一个开放式的瞭望塔，天天有战士站岗，我们小孩子连靠边的份儿都没有了。正是那次经历，使年少的我知道了，只要站得高，远方就在眼前。

随父亲转业到地方后，生活环境完全变了。没有了岗楼与哨位，听不到军号声，连看电影也是件稀罕的事。好在有文字相伴，随着时间的推移，渐渐地我也习惯了县城的生活。

今春，随几位文友到吴山口古街采风，远远地，竟然发现一

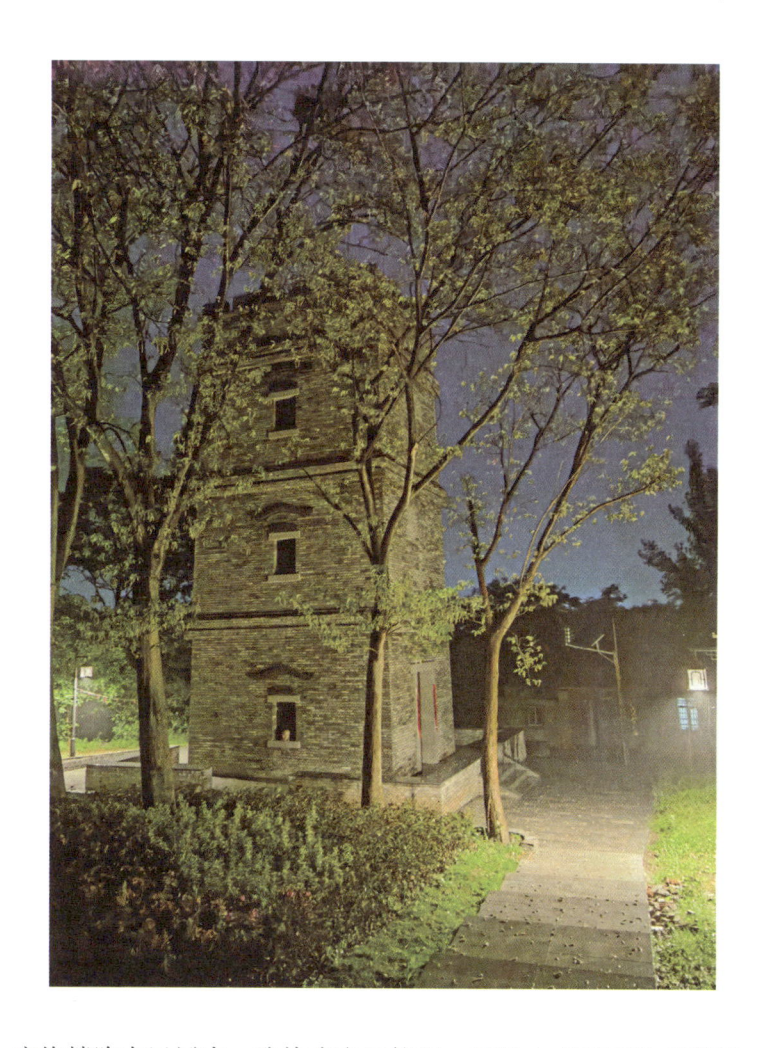

座炮楼隐在民居中。我快步走近仰望，脑海中充满了许多联想。于是，我急寻入口，欲登高，但入口尚未开放，暂时无法如愿。这座炮楼共有四层，高数米，四周有瞭望口，与我小时所登炮楼极其相似。

有炮楼的村子，自带英武之气，也必然有着自己的故事。身边的吴山口人介绍着曾经风沐雨的山村，我静心聆听，犹如翻阅一本沧桑的历史书。

在不太平的岁月，吴山口古街是关隘，是重要的防务地段，用"一夫当关，万夫莫开"形容实不为过。村内，东西向的街道，商业繁华，南来北往的商客不绝；村外，吴山口又是庐州、六安州、舒州、寿春的中心，东西南北有直通各州城的官道，街东有远近闻名、地势险峻的大小关，北临庐阳第一名山紫蓬山，居西庐寺之下。

肥西是淮军的发源地，张树声、刘铭传、周盛波的"三山团练"名噪一时。他们招募穷苦农民，扩大地盘，利用山岗密林的有利地形，互相配合，忽聚忽散，袭击进攻皖中的太平军、捻军，从最初的"保境安民"到后来淮军建制，越境出击，立下汗马功劳。紫蓬山、大潜山、周公山一带圩堡成群，堡内多有兵丁与炮楼。隐于山林的吴山口村就是一段历史风云的见证。民间相传，清朝时由淮军统领小吴三增建南、北巨型炮楼，四周壕沟围墙，炮楼顶各设火炮两门，内住家丁数十名，按军事建制，一排两班。

吴山口既有官道，又有商道。这一带山林茂密，地势复杂，盗匪出没，叛军觊觎。吴山口村人只能自发组织守护家园，一有险情，鸣锣为号，兵丁百姓齐上阵，锄头、木棒、铁钗，随手的农具都成了护家武器，登上炮楼，瞭望敌情，炮弹填装，随时出膛。据村里人介绍，吴山口古村最先有东、西、南、北四处炮楼，历经数百年的风雨侵蚀，现仅留存南、北两处。

风雨年代，吴山口村民们利用炮楼登高远望，观察四方动态，保家护村。夜晚，炮楼是村子醒着的"眼"。巡更人在此休息交接，更鼓过后，巡更人一人敲梆，一人执锣，穿街过巷彻夜巡查。听评书《英烈传》说"但听得伪周船上鸣锣击鼓，画角长鸣，四下里分头巡更，不觉已是初更左右"，少时只觉得更夫在夜间行走，除了胆大，无他，现在明白，更夫的守护职责才是胆量的底

气。我仰望吴山口村的炮楼，风声潇潇，似有"四面边声连角起"，一股抗击侵扰的士气传递到我的掌心。

走在吴山口村古街道，风过处，万水千山，百年烟云，隔着岁月的风尘，我依稀看到朴实厚重又伤痕累累的古村身影。被风雨磨平的石板路，延伸着一段又一段更迭的岁月，承载着一岁又一岁的苦重喟叹。山是屏障，去浊迎新隐于野的吴山口村，民风淳朴，坚毅顽强。正是因为曾经繁华与动乱并存，历尽千险的吴山口村在后来的日子里反倒走得更加从容与坚定。

此时，吴山口村正经历一次华丽蜕变。迈进高大的村门楼，便是村子的核心部位——数百米长的古街，街道两边全部是上下两居，一户一景。曾在南方见过的廊式建筑，没想到在这个蝶变的古街撞个满怀，民国风拱门、廊柱，让这个古村有了一种无以言说的气质。脚下一块块光滑的青石板上"祥云"缭绕，篆刻的"油坊""染坊"等字，记录着旧时的行业。随意推开一扇门，鹤发童颜、仙风道骨的长者，说不定就是一位传承的手艺人。出街口，绕着村道往外围走，一阵风过，古戏台檐铃阵阵，檐角上方风、雨、雷、电四座神像翩然而落，眉目传神，俯视着台下祥和的尘世，讶异其早不是记忆中的旧模样。新兴的吴山口村充满诗情画意，美丽丰饶，不但有乡愁，更有乡恋。招商引资、返乡创业在古村已成潮流。快出村口时，我看见吴山口村南炮楼，和初见的北炮楼遥遥相望。我再次驻足仰望，待修复完，我定要登高远望。

吴山口村的炮楼早已完成了它们最初的使命，但它们是历史风云的见证，是具有文化价值的遗迹，它们凝固着数百年来吴山口人保卫家园不受侵袭的一段记忆。现在，它们又承载着现实意义，传承乡村文脉，留住乡愁记忆。

作者简介

周芳，女，肥西县人社局工作人员，文学爱好者，笃信生活有小暖，文字慰风尘。已发表小说、散文 20 余万字，有多篇作品刊于《短篇小说》《湛江文学》《岁月》《解放军报》《新民晚报》等。

因为曾经的爱情

文 / 解银环　图 / 王月敏

吴山口，一条狭长的小街，大小不一的天然青石铺就高高低低的街面，有一种山城小街的既视感。这是一条单日逢集的小街，早上人头攒动，午后即门可罗雀，一派岁月静好、安居乐业的景象，是所有露水小集市的缩影。

吴山口留给我的印象，还来自几里外的一所学校：芮店中学。二十多年前，它是当地一所无以超越的名校，从那里走出的杰出人才如今遍布各地。

我曾经在那里就读，同学中有两位的家就在吴山口，她们身上有典型的山乡女孩的灵秀。她们的父母纯朴善良好客，每次我去，他们对待我都像对待自己的孩子。因为她俩，我有幸常常去亲近吴山口老街。

吴山口之于我，承载着同学情、朋友情。这么多年来，想起它，我心中就油然而生一种亲切与温暖。

二十多年前的那个冬日，我和吴山口街的那两位同学跑到古街后面的山上玩。山林瑟瑟，山风凄凄，山间微有积雪。我们坐在一块灰色的石头上，谈论人生与梦想……那时我们正是志比天高的年纪，我们和大多数孩子的梦想一致：考上一所中专，华丽地从农村名正言顺地移民城市，脱离父辈们面朝黄土背朝天的生活。虽然后来历经曲折困顿，但最终我们还是如愿了。她俩都以一己之力走出吴山口，走进一片大好天地。

在吴山口，还有这样一个在我的生命中烙下印记的人。我和他是同班同学，前后座。一次，我不经意间目光扫过他，他正背靠墙，坐在那儿安静地看着我，一双眼黑如深潭。顷刻间，我顿觉脸如火炙，一颗心被突然击沉于那一双深潭。

所有的风花雪月都具备大同小异的校园格调。起于菁菁校园，终于滚滚红尘。爱情最大的功效即是，让你秒懂痛苦，光速成长。

那场以光速生发的爱情，绵绵之痛以蜗速痊愈。我前半生的泪为之一流而尽。其后至今，回首来路，依然不堪。

因为爱情，吴山口之于我一直是个特别的存在。曾经或后来，我不止一次以爱之名走进它，它是我挥之不去的念想……

历史走过吴山口，走出一片盛景。我走过吴山口，即走进一幅《清明上河图》。

吴山口，我还是想叫它山口，这是它的乳名。更重要的是，那里有我曾经的爱情。

作者简介

解银环，女，肥西县人，工程资料员，钟情文字，偶尔为之，偶获小奖，偶有文字散见报端。

吴山口的大幕正在拉开

文 / 陈祥稳　图 / 王月敏

千年古街吴山口,在合安路、六合公路开通之前是庐州、寿州、六安州、舒州往皖中的交通枢纽,南可直达安庆,北可直达阜阳,更兼佛教圣地紫蓬山的南大门。街东面有远近闻名、地势险要的大小关。街市繁华,南来北往的商贾、游人、香客络绎不

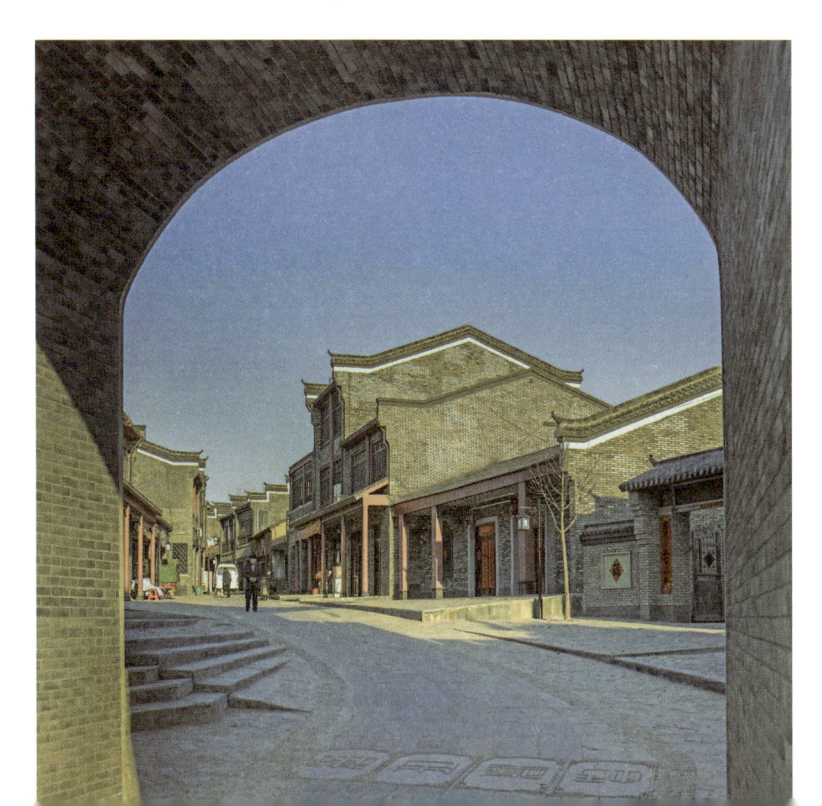

绝，商铺林立，有医馆、茶楼、酒肆、饭庄、油坊、槽坊、赌场、戏院、窑场、染坊、学校等等，故有"小合肥"之称。

有绅士之誉的卞少西家开牛行、猪行、饭庄；解铸成开米行，生意做得很大，信誉好，乐善好施；艾子清的染坊店远近闻名，方圆几十里的村民都来染布；马永阶开医馆，中西医结合，中医为主，在当时为数不多。另外还有茶庄等多种业态。

吴山口不仅是商业文化中心，也是政治经济中心。民国期间成立紫蓬乡，乡政府在吴山口北头建两个据点碉，供政府工作人员办公和防卫，人称"南北大碉"。中华人民共和国成立之初，吴山口成立合肥西乡，后改为紫蓬乡。1965年设吴山口公社，不久改为芮店公社。1961年5月3日，吴山口人民遭到前所未有的劫难：一场大火把84户的吴山口街烧得仅剩2户。三年困难还未过去，又遭大火，吴山口人民的生活雪上加霜。但吴山口人民不屈不挠、不等不靠，他们自力更生，顽强拼搏，重建家园。经几年努力，吴山口老街又屹立在原址之上。

进入20世纪70年代，吴山口率先建立了电管站，通了电，这给人民的生活带来了极大的方便，提高了生产力，改善了人民生活，也使许多新型产业应运而生。芮店的10个村相继通电，对各行各业都有很大的促进。这绝不能忘记外援技师吴克柱，本地师傅程绍伯、周孝泉、张业昌的贡献。正是他们精心筹划和昼夜拼搏，才在不到两年时间里让芮店公社户户通电。这里需要一提的是，吴山口通电后，紧接着开办茶厂。吴山口人民解放思想、破除迷信，不到三年时间茶树遍布北山，在田埂地头也可种茶，茶场每天制茶好几百斤。实行家庭联产承包责任制后，好多群众自种、自采、自制茶叶，有的家庭每年产茶上百斤，是致富奔小康的重要经济来源，茶叶远销周边县市。

芮店中学的前身是吴山口小学，1970年借吴山口小学两间教室，在芮店公社河北4个村招收学生40多人，其中吴山口街道就有学生20多人。1971年并入芮店中学。

十一届三中全会后，站在吴山口改革开放最前沿的有识之士许义掌、李祥盛积极宣传三中全会精神、党的方针政策。许义掌是1962年下放的国家干部，曾任孙集小学校长，卫东公社文教干事、文教委员，有很高的政策水平，他夜以继日地帮助农民群众分田地，搞好家庭联产承包责任制。吴山口街的群众更是如鱼得水，大部分家庭除了种田，还利用街面优势做起了生意，有的还开办了家庭作坊，多种经营遍布城乡，人们的精神面貌也大为改观。

20世纪80年代，也就是改革开放之初，党中央号召绿化祖国，消灭荒山。吴山口人民响应号召，上山植树造林，经过几个冬春的奋战，终于使两山一岗披上绿装。如今，一排排合抱粗的松树整齐排列，林间没有空闲地，原来的山石被腐叶遮盖，整个山上野花似锦。山林有专人管护，黄沙遮天的日子一去不复返了。登上狼大山的主峰，眺望远方，千字山、紫蓬山、圆通山、大潜山、莲花山一字排开，蜿蜒起伏，显示着大别山余脉的雄韵，而那茂密的森林和如明珠玉带般熠熠生辉的湖河塘坝，那丰富的野生动植物资源，更是让人流连忘返。

回首吴山口,那高大雄伟的城门楼上红旗猎猎,两座威严无比的炮台像两尊神护卫着吴山口,街道两旁上千间的徽式建筑群更激发了人们思古之幽情,吴山口公园、吴山口大舞台道尽了吴山口人民千年的辛酸苦辣,拉开了吴山口人民幸福生活的大幕。

作者简介

陈祥稳,男,1949年8月出生于肥西县紫蓬乡。1956年至1968年分别在芮店、孙集以及肥西中学读书,之后在六安师专学习。1971年被分配到芮店任教,1979年至1984年任芮店中学校长。之后调芮店乡政府、董岗乡政府工作,2008年退休。

合肥西南的网红打卡地

文/解红光　图/王月敏

春风揉皱一池碧水。乍暖还寒的日子，我们寻着柳丝的绿，一路奔向吴山口。

站在轮回而至的春天，吴山口，是岁月遗留的一阕词。杏花正挥洒着"吴山口印象"的请柬，盛邀各界嘉宾。今天，那些灰砖、青石、小瓦，还有油罐、瓦坛、酱池、石磨、石臼等等，无声地诉说着过往。静静的古村落，巷中鸡犬相闻，邻里和睦互助，民风淳朴。

街北街南两处碉堡以威严的长者模样巍然耸立，枯坐于时光深处，几口幽深的炮眼，守卫着家园，见证着变迁。四周的壕沟、围墙、吊桥，给后人留下许多话题。在这新的岁月里，碉堡边的古树上，鸟巢又垒高了一截，鸟儿不断吟咏着时代的颂词。那些经历过战火的人，或痛苦，或悲伤，或绝望，都没有放弃过对美好生活的向往。人们坚信，未来会更好，古城门、碉堡和岁月可以共同做证。

老街的青石板路上，车辙犹清晰可见，多少代人的情感汇聚于此。这些被汗水和日子浸透的石板，是老街的"时光之印"：骑着高头大马的达官贵人飞奔驰过，挎刀背枪的淮军列队走过，

撑着黄桐油伞的旅人行色匆匆，挑夫的扁担吱吱呀呀，牛车的铜铃清脆悦耳，花轿里的新娘被颠得头晕眼花……古街、古道、古井、古堡，可以挖掘到很多很多被油盐浸透的故事，可以探寻到很多革命岁月的红色传奇。如今，石板街中，水泥路上，柏油路边，牛车、马车、独轮车，那滚滚的车轮声似乎还在回响。岁月静好的代价，是先驱们的热血倾洒。时光流转，岁月不居，无数不朽的英雄载入史册。那些坚强的身影,一个个消失在时间的长河里,留下城楼上的风铃,终年叮叮当当,似在诉说着衷肠。

走在老街上,我时而仰望,时而聆听,流连忘返,感叹连连。听老人们说,老街有几奇:一奇是此地有口古井,常年水清如镜。咸丰六年(1856),全省大旱,多数深井枯竭,唯独此井井水清澈,水量丰沛,惠泽紫蓬周边百姓。还有一奇就是,这里曾经发生了一场不明大火,烧掉很多房屋,但是火神跳脚,夹在大火中间的卜姓等几户人家逃过一劫。又有一说,街面铺地的大青石,平滑如鱼脊,光亮刺眼,大热天能烫熟鸡蛋,孩子们赤脚跑,烫得直跳脚……这些故事有血有肉,激动人心。近年来,政府投入巨资,对吴山口老街进行复古改造,修旧如旧,也注入了新的元素,烙上了新时代的印记,使得老街面貌焕然一新。印有社会主义核心价值观的灯笼高高摇曳,家家门店却保留明清装饰风格,那些拱形的门楣上有行耐人寻味的字:时光之旅。这不禁使人想起丽江的"时光阁""发呆屋",这些文艺的字眼还让人心生许多念想。

寒来暑往,四季更迭,人类的智慧还在于等待和希望。对吴山口人而言,"赶"是一种常态,且没有终点,他们争分夺秒地赶时间,在最短的时间内将老街恢复成原来的样子,而且更美。乡村振兴,土地流转,新型生产方式带来不菲的经济效益,种植、养殖、生产、销售一体化,日子越过越滋润。成片的树林跟紫蓬山的墨绿遥相呼应,吴山口的百姓靠山吃山,靠水吃水,锅巴、土鸡、野鱼、小青菜,吸引无数食客。山货品种众多,通过线上直播带货，销售量可观，于是，老街又多了网店、菜鸟驿站这些新鲜词语。之前的脱贫攻坚战斗再次给吴山口注入了活力，政策的春风吹暖了人们的心窝，百姓的喜悦之情难以言表。人们都夸吴山口是个好地方，负离子含量堪比黄山，山清水秀人长寿。

走在平坦而蜿蜒的环村公路上，雨后清新的空气涤荡着心房。荷花塘里的九曲栈道，吸引人们到蓬莱阁小坐，犹如置身仙境。彩虹塑胶小道如五彩丝带，优雅、俏皮、新潮。乡村做到了雨污分流，真是让人难以置信。带有母婴室的智能化公厕，打破了千年陋习，把不可能变成现实。村前的大型停车场，前瞻、务实、便捷。学校坐落于绿荫之中，莘莘学子同城市孩子一样，有校车接送，有营养配餐。新建的吴山口村委会驻地，糅进诸多徽派元素。门前有两方"孪生"小池，建者匠心独运，中间用管涵连通，使其流水不腐，这边水波漾动，那边莲花摇曳，也诠释了吴山口的整体性和管理团队的合作精神。小广场的地砖上，有行书体"勤政、廉洁、务实、为民"八个大字，时时鞭策村里的管理者。

朋友们，到吴山口去走走吧，在这里，可探秘特色山村，感受古街风情，牵手"吴山口印象"，触摸历史，感知当下。

同行的一位友人，生在吴山口，长在吴山口，聊起他小时候的事，两眼放光，炯炯有神，像是中了大奖，更像孩童时代纯真的模样。有人说，童年就是一本书，翻开就有故事，而且不止一千零一个。走到老戏台附近，他动情地叙说着小时候从澡盆里逃出来飞奔往戏台看戏又被母亲逮回去穿衣服的故事。他喃喃地说着，时而羞涩，时而兴奋，时而沉思，时而向往，那口吻，那神情，绝对只有谈起故乡才会有。听，大戏的锣鼓声似乎还在回响；看，幕布好像正在徐徐拉开。那些生旦净末丑，你方唱罢我登场……曾经的老戏台，是一辈辈吴山口人喜怒哀乐、爱恨情仇的一个宣泄口。看戏也是看自己，生活中的情怀在戏里逐一呈现，唱戏也好，说书也好，无不是解开心锁的万能钥匙，不然哪来"人生如戏"一语？

日月如梭。在经济高速发展的岁月里，无数村民毅然走出吴山口，走进繁华的世界。月是故乡明，故园的春山、秋林、池塘、古街、驿道，无时无刻不在牵动着他们柔软的心。近年来，为感恩故乡，回馈乡梓，他们中的一些人陆续回乡创业，带回了好点子，拓宽了致富的路子，也促进了故乡的繁荣。

乡村振兴，打开了古街童话般的大门；岁月的刀锋，雕刻出农家特有的精致。江山似锦，土地出彩，这里有丽江的老水车，有青海湖的油菜花，有江南的荷塘栈道。来这里，你会收获意想不到的惊喜。吴山口，成了合肥又一个网红打卡地。

作者简介

解红光，女，肥西县人，就职于肥西师范学校。爱好文学和写作，有散文、小说、诗歌等散见于全国多家报刊。曾出版散文集《阅读点亮生命》《双子星》。

久远的历史篇章

文/方圣 图/武方

吴山口古街的繁华是有历史的。明朝，尤其是其中后期，中国古代商品经济发展进入鼎盛时期。大城市商贸发达自不待言，比如南京"舟楫塞港，街道肩摩"，汉口"人烟数十里，贾户数千家"，苏州拥有"十万烟火"，财富"甲于天下"。乡野的集市也红红火火，蓬蓬勃勃。

吴山口街正对着狼大山和虎大山的豁口。如果说渡口是一条河的交通枢纽，那么吴山口就是山地的咽喉要地。以吴山口街为圆心向四周辐射，向东可以通达古庐州，向西可以通达古六安州，向西南可以通达古舒州，向北可以通达古寿州。从吴山口街前往这四州，距离差不多都在30公里。

那时老百姓出门全靠步行，商贾与达官显贵则乘船、骑马或坐轿。大清早出门赶路，从周边的四个州到达吴山口街，差不多便是傍晚时分，因此不论步行的贩夫走卒，还是骑马坐轿的商贾官宦，必须在吴山口街歇夜。

吴山口街理所当然成了交通驿站。

据吴山口村老人讲，民国时期，吴山口古街两头各有一个厚

重的原木闸门和砖石结构的三层瞭望塔。

这也很好理解。吴山口街已然如斯繁华,安全防护措施肯定要跟得上。夜幕降临之时,两头的闸门吱吱呀呀地关上。紧闭的厚重的原木闸门,将吴山口街与外界隔开,形成一道防护网。留宿在吴山口街的人可以安心睡个好觉。

这还不够，若想踏实地睡上好觉，高高的瞭望塔就派上用场了。更夫们站在瞭望塔上四处眺望，确信平安无事，便挑着灯笼下得塔来，沿街打更巡逻。更夫通常两人一组，一人手中拿锣，一人手中拿梆，打更时两人搭档，边走边敲。打更人一夜要敲五次，每隔一个时辰敲一次，等敲第五次时俗称五更天，这时鸡也叫了，天也快亮了。

"两山之间吴山口，四州通衢小金斗。"什么时候有的这副对联，现在已无从考证了。据吴山口老人们说，这副对联就挂在街口闸门边上。十四个字是潇洒肆意的草书体，油漆成明晃晃的金黄色，镌刻在两块厚重结实的黑木板上。

关于吴山口的来历众说纷纭，较集中的说法是，清朝光绪年间，有一个吴姓大户人家在此落户，建村开店，街的名字便世代沿用下来。不过，我倒是觉得吴山口的得名与淮军将领吴秉权有关这种说法更为靠谱一些。

吴秉权，1832年6月生，孙集乡吴大圩人，幼随诸叔伯读书，屡试不中，援例授监生。清咸丰年间，太平军转战肥西，吴秉权参加太平军李秀成部，以战功授将军。1863年，他在浙江屿城被淮军重重围困，突围未果，遂率部投入淮军潘鼎新部，转与太平军作战，攻陷湖州，获知府衔。后随李鸿章在湖北、山东、河北等地镇压捻军，授道员衔。

与肥西其他淮军将领如刘铭传、张树声、张树屏等一样，衣锦还乡的吴秉权兴建圩堡护卫其眷属、家产，建立深沟高墙的吴大圩。吴大圩距离吴山口很近，发了横财的吴秉权在吴山口古街这块风水宝地置办房产、兴办钱庄是合乎情理的。以吴秉权的权势，他富甲吴山口甚至权控全街也不是不可能的事。那么，为了显赫门庭，便以其姓"吴"冠名吴山口，也就顺理成章了。

因为年代的变迁，以及大火的数次焚烧，吴山口古街早已面目全非。曾经的繁盛景象无处找寻，那些喧嚣嘈杂的市井声也只能在想象中聆听。

现如今，初建成的砖墙结构的仿古城门楼高大威严，"吴山口"三个字在城门楼的正上方赫然显目，标有"淮"字的旗帜在城墙上迎风飘扬……

吴山口，我回望你，你是历史，一部久远的历史篇章。

作者简介

方圣，男，安徽师范大学历史学学士，中学高级教师，合肥市作家协会散文创作委员会委员。有诗歌、散文、小说、影评等发表于国家、省、市级报刊。曾获合肥市诗歌征稿一等奖，豆瓣全国散文征文"最受读者欢迎奖"。

感受过,也是一种经历

文 / 严娇娇　图 / 王月敏

去过很多地方的古村落,觉得每一条人文荟萃的老街都是旧日时光的印记,承载着很多故事和很多人的一辈子。

吴山口第一眼吸引我的就是老街的青石板。我一向喜欢青石板路,总觉得树上的银杏叶随风飘落,顺着叶片,在这条路的尽头,应该有一只黄色的小猫蹲在树下打盹。于是我一蹦一跳,踩着一块一块青砖,追着光影,摇摇晃晃地蹦跶着向巷口的阳光走去。抬头间有些恍惚,阳光很柔和,稀稀落落地洒在地上。我伸出手想感受这样的阳光的温度,可是只看见阳光落在我手上,没有重量却满满的。

坐在街边的老人家笑着和老伴说:"你看这小姑娘多好玩。"我循声望去,是一对满头银发的老夫妻,老爷爷靠坐在椅子上,老奶奶站在门前,后面是一排排老式的货架。老夫妻满面红光,满眼慈爱。我迎上去和他们站在一起,他们给我递了一杯水,然后絮絮叨叨地说起了吴山口的前世今生和他们的家事。

"吴山口老街古称吴家山口,因为在紫蓬山南虎、狼两山之口,所以叫山口,据说是由明朝吴氏家族兴建,清朝淮军统领小

吴三增建了南北巨型碉堡，四周修建壕沟、围墙。因位置在庐州、六安、舒州、寿春中心，东西南北直通各州，所以以前古街热闹繁华，南来北往的香客不绝，商埠、医馆、学堂、茶楼、饭庄、油场、槽坊、赌场、戏院、窑厂、染坊等各种行业应有尽有，故有'小金斗'（'金斗'是旧合肥俗称）之称。"我仔细听着，这前尘往事会被后人记住，并代代相传下去，是由来也是归处吧。

  一路往前走，路过凤凰村一个干净的院落，我们一行人推门进去。这是八十多岁的老党员赵本钊的家，他也算是半个吴山口人，在吴山口生活了很长时间。我们喝了些水，开始从最近的党史学习聊起来。老人家拿出一张发黄的照片，讲述自己在部队当兵的经历。他以前负责科学家钱学森先生的安全保卫工作，当时在大西北进行导弹研究，条件非常艰苦，衣食住行都很困难，但他和战友们对工作热情不减、精神饱满、干劲十足。他说钱学森学问做得好，人却没有架子，所以才有了他手里这一张他和钱学森的合影。然后他给我们说了好多那个年代的艰苦事情，并笑着说，羡慕我们这个年纪我们这个时代，说现在老了，只想回到这吴山口，看看老宅也是一种幸福。

从凤凰村回来，我又进了吴山口老街，爬上圩堡，站了很久。我想，这个古村落里有好多人守望过也一直守望着，现在、将来也是很多人的来路和归宿，而我路经此地，感受过，也是一种经历。

作者简介

严娇娇，女，1989年2月出生，肥西县人民检察院第一检察部检察官助理，曾被评为"优秀公务员""优秀共青团员"。

忘不了，山口人的情意绵长

文 / 吴泽宝　图 / 王月敏

1972 年至 1984 年，我在芮店中学任教，从家到校，必经吴山口街。多少趟往来，这座古村落给我留下了难忘的印象。

在漫长的岁月里，吴山口人勤劳善良，辛勤地耕耘，不断地发展，逐渐使吴山口街成为当地货物集散中心。吴山口周边村庄很多，人口稠密。东、北面是山，西、南面是肥沃良田，山清水秀，是鱼米之乡。

那些年，我每周六下午放学回家，星期一上午返校，来回必经吴山口。每次返校，我几乎都被在门口守望的家长及友人邀去做客。

记得有一次路过老街医院门口，被张医生看见，他连忙迎上来笑问："民生问题解决了吗？"当时我不知他说的"民生"一词是何意，一下子愣住了。他赶忙解释说："中午饭我已安排啦。"我说："不麻烦了，到校就有饭吃。"他说："正当时的饭不吃，难道不给面子吗？"就这样，我被留下来，吃了顿开心的"面子"饭。

从街后走，必经油厂。油厂卫会计看到我就迎上来说："请先生不如遇先生,今天遇上了,就在我们这里吃顿便饭吧。"他们的淳朴友爱,让我推辞不得。更为感动的是,那时我家庭负担重,生活困难,菜油也吃不周全。不知何故,这被油厂的人知道了。一个周六下午我回家路过油厂,卫会计将准备好的10斤菜油递给我。当时我囊中羞涩,执意不收。他说:"这样,这油算是借给你的,明年菜籽收上来还油好吧。"我只好收了。家属知情后感激不已。第二年,我没有菜籽还油,只好按价付油钱,可他不要我还。我急了,解释说:"你的好意我心领了,但我若不付钱,他人会说我贪小便宜呀。"我一针见血地道出了我的心意与无奈,但他坚决只收半价,此情我至今难忘。

我家孩子多,家庭困难,吴山口有很多人知道,他们就会给我送来精心编制的箩筐、板凳、箱子等生活用具。其实这些东西

现在看来不足挂齿了，但在那时物资紧缺的情况下，他们想方设法给我帮助，即使一根针也是礼重如山。几十年过去了，我三次搬家，都把这些东西带上，作为永远的纪念。

在吴山口，卞春林父亲卞仰来、张万金母亲刘月荣、许长勋父亲许义掌、李晓春父亲李祥盛等，他们那一双双温暖的手携我度过了艰难岁月，一颗颗赤诚友爱的心给我致力教学的强大动力。在社会、家长及老师们的共同努力下，几十年来，从吴山口街走出一大批优秀学子，他们在祖国各地、在不同岗位上建功立业。

吴山口这座古村落，如今在党的春风吹拂下，面貌焕然一新，那飞檐翘角的房舍、镂空雕刻的窗廊、弯曲别致的水上浮桥、蜿蜒曲折的旅游小道、高耸雄伟的南北碉堡，无不使人如入画中。站在高处眺望美丽古朴的吴山口老街，我的眼前又浮现出了吴山口昔日早市人声鼎沸、人头攒动的繁荣景象。那些友人自强不息、厚德载物、泽加于人，他们为社会、为家乡做出了可喜的贡献，令人仰慕。

作者简介

吴泽宝，男，又名吴泽保，1942年生，大专学历，中学语文教师，曾任中学工会主席、党支部副书记。先后被合肥市、肥西县授予"优秀教师"称号，并记功奖励。退休后，担任镇老年大学分校校长。

吴山口人民的好儿子

文 / 宣守林　图 / 王月敏

"为什么战旗美如画？英雄的鲜血染红了它。"在吴山口街，也有这样的英雄，他的名字叫解正治。

解正治，1948年10月17日参加革命队伍，在50军149师445团1营营部担任通讯员。1950年10月25日，解正治随部队入朝作战，1951年1月31日在汉江阻击战中光荣牺牲，时年二十三岁。

解正治所在的50军，是一支特殊的部队，曾经为东北解放做出贡献。1950年10月，军长曾泽生接到赴朝作战的命令，他率50军昼伏夜行，部队于10月25日、26日陆续进入朝鲜。在抗美援朝战争中，50军参加了五大战役。1951年1月4日，50军攻入汉城（即今首尔），成为第一个攻进汉城的志愿军部队。50军打出了国威军威，威名远扬。

1951年1月31日，就是在这天的战斗中，年仅二十三岁的吴山口人民的好儿子——解正治，英勇献出了年轻的生命，化作一朵鲜艳的金达莱。解正治在朝鲜战场的三个月零六天中，怀着对敌人的刻骨仇恨和对和平的无限热爱，将吴山口人特有的勤劳、

勇敢、智慧演绎得淋漓尽致，成为吴山口人民争相传颂、永远不忘的最可爱的人。

中国人民志愿军出国作战，是保卫和平、反抗侵略的正义之举。这场战争的胜利，打破了美帝国主义不可战胜的神话，创造了以弱胜强的范例，极大地提高了中国共产党在全国人民心中的威信，增强了中国人民的民族自信心和民族自豪感，中国的国际地位空前提高，为新中国的经济建设和社会发展赢得了一个相对稳定的和平环境。

在解正治烈士家中，我目睹了烈士生前从部队写给父母的两封家书，字里行间充满着对家乡的热爱、对父母的思念。然而，他的家人告诉我，收到第二封家书不久，再次收到的，却是他牺牲的消息。

英雄归去，浩气长存。解正治牺牲后，他的家人把悲痛埋在心底，母亲孙世英靠为吴山口街集市交易服务收点手续费生活，从未向政府反映、提出过任何困难和要求。

值得告慰解正治烈士的是，你的血没有白流，你的家乡如今发生了翻天覆地的变化，人民过上了好日子。亲人唯一的缺憾是，你的尸骨不知安放在何处，对你的追思无以寄托……

作者简介

宣守林，男，肥西人。肥西县医疗纠纷调解委员会调解员。热爱文字，已发表散文随笔约 10 万字。

吴山口人的庐剧

文 / 鹿伦琼

吴山口人自古就有唱戏的习俗。吴山口人勤劳勇敢,心灵手巧,靠山吃山,男耕女织,倒也能够吃饱穿暖。每到丰年要祭祀祖先,自然就要唱戏。后来,戏班子为了营造气氛,还附加了另外一些文娱活动。于是,每到祭祀日,古街张灯结彩、披红挂绿,大街小巷挤满华丽的旱船、狮子、犟驴,热闹繁华,令人目不暇接。人们或游走于街头巷尾观灯看戏,或闲坐于酒楼茶肆喝酒听戏。渐渐地,红白喜事的日子、春节期间也有了这些活动。

解放后,优秀的草台班子被政府整合,成为庐剧团,庐剧从此变成了正规的地方剧种。这一民间戏曲艺术根深叶茂,生生不息,也一直被吴山口人传承着。

吴山口的庐剧土得掉渣却韵味十足。那些唱戏的人都是土生土长的吴山口人,他们的身后是狼大山、陀龙山、虎大山,他们眼前是碧波荡漾的瓦屋塘、蒲草塘、皮匠塘,他们朴实得像山上的青石,清纯得像山间的溪水,挺拔得像山洼里的翠竹。冬天闲暇的日子里，绿油油的麦菜覆盖了分水岭的梯田，却没有覆盖住他们的激情，他们掀开了山乡的恬静和寂寞，用独特的乡音演绎着梦想和希冀。山乡的小祷戏——庐剧，跌宕起伏，融合了长江流域的绵软和淮河流域的豪放，在心灵深处奔腾不息。吴山口版的庐剧，细节里都带着山乡浓厚的风土人情和农耕文化元素，糅进山乡人的喜怒哀乐，表达着山乡人的三观。演员们望风采柳、触景生情，很多唱词带着山乡的俚语土话，通俗易懂，亲切感人。每次演出都是人山人海。有的坐在地上，有的蹲在台下，有的跑到后台。坐板凳上的、站椅子上的、骑墙头的、攀椿树的，大人小孩乱哄哄的，他们甚至没听清一句台词，就是图个热闹。

20世纪60年代，样板戏独占鳌头，优秀的庐剧演员被视为异类，被禁止演出。直到十一届三中全会之后，文艺领域才开启新篇章。从此，"吴山口庐剧团"就活跃在紫蓬山区的山山岭岭。

那时，吴山口街上的饭店、早点铺、理发店、照相馆、服装店、鞋袜店、日杂店、小诊所、肥料农药种子店里面的录音机里，天天播放着丁玉兰、武克英等名家的唱段。街边农家人走路、放牛、放鹅、赶鸭时，都会放声歌唱。种瓜、车水、捞棉时低声哼唧，栽秧、薅草、割稻时也曲不离口。

当时，"吴山口庐剧团"演得非常出名的小戏有《点大麦》《卖纱线》《讨学钱》《打烟灯》《送香茶》等，大戏有《梁祝》

《秦雪梅》《秦香莲》《薛凤英》《合同记》《卖水记》《打蛮船》《皮氏女》等。

吴山口的老人们认定《打蛮船》是庐剧原创,而且说戏里的故事就发生在吴山口周边。吴山口版的庐剧《打蛮船》的故事是这样的:清咸丰六年,庐州夏秋大旱,颗粒不收。不法商人沿丰乐河贩卖大米,返回江南时拐卖妇女儿童。紫蓬山乡百姓四处流浪乞讨,卖儿卖女。小吴三无恶不作,专为那些贩卖人口的歹人牵线搭桥。小吴三把张梅姿骗卖给了南蛮子。张梅姿哥哥张文选得知,告到官府,小吴三拿出张梅姿卖身契约,逍遥法外。张文选有位好友叫吴秉权,为人正直,已参加了太平军,驻守三河。张文选连夜赶到三河,向吴秉权求助。吴秉权立即带人到码头挨船搜查,发现有拐卖嫌疑,就打破蛮船,当天救出张梅姿,也救出无数像张梅姿一样的妇女儿童。吴秉权后又返回家中,把族叔小吴三拉到孙集老牛墩砍了头……

针对这个话题,我进行了一番艰难的采访和调查,也证明了此故事并非空穴来风。

戏曲的力量是无法估量的。在吴山口采访时,这样的事情屡见不鲜,一些老人竟能说出三皇五帝的故事,能说出"仁义礼智信"。他们说是从戏文里学来的。是的,他们并没有接受过正规的教育,却知识丰富,这在很大程度上应归功于戏曲作品的熏陶。现代社会群众的文化生活具有开放性和多元化的特点,人们对文化娱乐的需求是多方面的。庐剧作为舞台艺术已不复有主导地位，如今吴山口优秀的本土演员大多年迈或已去世了，可他们的后代对戏剧的热爱不亚于前辈，吴山口古街的那座修葺一新的古戏台便是佐证。

作者简介

鹿伦琼，男，合肥八一学校教师，合肥市作家协会会员，安徽省散文家协会会员，已发表中篇小说《枸杞村的孩子》《三岗村的青年》等。中篇小说《栓子和转子的婚事》获"江淮文学奖"。

印象吴山口

文 / 张增华　图 / 王月敏

老家人都说吴山口位于合肥西乡的中心，道路通达，与六安、舒城、寿春、庐江都有官道相连。从合肥到西乡自竹林关起，经吴山口、孙家集、中洋河、迎水庵至山南馆，吴山口处在交通枢纽位置。

少年时代我常去吴山口，堂姐嫁到东陶洼，逢年过节走亲戚，吴山口是必经之地。

我记得，黄厚祥家的糕点香甜可口，白糖丝时常会粘住牙齿；铁匠店师傅胆大心细，火钳从青幽幽的炉火中夹出烧得通红的铁具，敲敲打打，火星飞舞；木业社里刨花遍地，一股原木清香……

改革开放前，家乡人朴素的愿望就是解决温饱，有饭吃，有柴烧。逢到农闲季节，乡亲们都到山上砍柴割草，吴山口成了乡亲们理想的中转站。砍草的人一般起个大早赶到吴山口街，先到亲戚朋友家里招呼一声，然后一头扎进山里，午后担一担柴草，大汗淋漓地挑到亲友家门口，然后在那里歇歇脚，喝茶吃饭。吴山口人家炊烟袅袅，热气腾腾的白米饭、香气扑鼻的咸鸭蒸黄豆、

喷香的烀山芋是那个年代最好的美食。

　　吴山口村委会门口有一棵玉兰树，树形高大，枝叶葳蕤。2015年春，我参加了学校组织的技能培训，培训点就在街南的村委会。课间休息时，我曾数次流连在树下，一树玉兰怒放，香气袭人。我记得培训过后许多学员走出山区，走向广阔的世界。

　　吴山口村的文书小王是我的学生，逢年过节，他总在微信群里发一些农副产品销售的视频。经不住小王的再三邀请，某日，我们七八个人驱车赶往吴山口。在小王的陪伴下，我们参观了大水塘麻鸭散养基地、林下养鸡项目基地、花卉苗木基地。我们走着，聊着。参观途中，一群人买了鸡鸭、山菇、老虎爪、野山茶等，收获颇丰。华灯初上，吴山口街隐在一片光影里，小王吟诵着陆游的"莫笑农家腊酒浑，丰年留客足鸡豚"，力邀大家用餐。众人以天色向晚，拱手相辞。转过几个山道，吴山口的城墙上数面淮军旗帜在猎猎招展，街头喇叭里响亮地播放着黄梅戏《打猪草》的唱腔。由此，我又想起了吴山口街的旧时光。

作者简介

张增华，男，中学高级教师。安徽省散文家协会会员，安徽省散文随笔学会会员，合肥市作家协会会员。作品散见于《安徽日报》《合肥日报》及中国作家网、中国散文网。

岁月遗落的"莲子"

文/查鸿林　图/张泉

一个细雨霏霏的傍晚，我们来到紫蓬山脚下，一个叫吴山口的老街。

车子停在村口标志性建筑的城门楼前，"吴山口"三个大字赫然跃入眼帘。穿过门楼，弯曲的石板路向前延伸，到了挤挤挨挨的村民住宅时，石板路渐渐收窄。村民家墙连着墙，门对着门。民居大多为两层，小街三米来宽，蜿蜒曲折，徽韵浓郁。置身于此，只感觉耳畔吹过呼呼的风。我们一行冒着细密的小雨，漫步在空荡荡的村子里。

或许是因为烟雨，或许是因为傍晚，家家户户的门要么紧闭，要么虚掩。偶尔听到吱呀一声门响，看见一两个头发花白的老人，用不明所以的眼神看着我们。我们主动与他们攀谈，才从他们断断续续的讲述中得知村庄的点滴沿革。这里位于紫蓬山南部，被誉为"紫蓬山南大门"。村中老街始于明末，盛于晚清。老街长两百余米，东西走向。早年的老街热闹非凡，香客不绝，大小商埠、医馆、学堂、茶楼、饭庄、戏院、照相馆、油坊、槽坊、窑厂、染坊、铁匠铺、篾匠铺、豆腐坊等各种行业应有尽有，一片繁华的集市景象。后来由于重大火灾，历史遗迹遭到严重损毁。我们现在走的青石板路、看到的古民居，都是这几年修旧如旧所恢复的。

"吴山口"，这是个古老而又朴素得如中国农民的名字，它质朴的古风古韵便是佐证。沿着蜿蜒的青石板路向前，两边的民居高高低低、错落有致，从沿街房屋用途分布可以感受到昔日的繁华。那街面上熙熙攘攘的人群，那繁杂哄闹的市场，那琳琅满目的商品，那吆喝声声的茶馆，在细雨朦胧中飘荡着往日烟云，回旋在这古老街巷的时空中。古街宽敞大气，毫不做作，顺势而建，随屋而修，其间能够清晰地分辨出一些欧式建筑，华丽的装饰、浓烈的色彩、精美的造型，彰显出雍容华贵，给古街平添几分神秘。这些欧式建筑与徽派民居相互交融，显现中西合璧、和谐共存的建筑效果，令人耳目一新。

古街的尽头是一方椭圆形的大水塘，波光潋滟，清澈见底。水面上木栈道蜿蜒曲折，水榭兰亭，既可赏景，也可休憩；浅水处，水生蒲草和芦苇伴着春光一派葳蕤，水鸟在树草间盘旋；岸边桃红柳绿，粉红的樱花、雪白的梨花、淡黄的迎春花，和一些不知名的花，正一树树盛开。好一派田园七彩报春图，在古街的一角徐徐展开，与古民居相映成趣，使观赏者心情豁然开朗起来。

临别，在通往紫蓬山景区的大路旁，一户人家的电视里正播放着歌曲《莲的心事》："……只为你无心的一句承诺，我就成了你的影子，幸福为何总是点到为止？想念就从那一天开始，每天仰望你绿色的窗子，无声地呼唤你名字。我是你五百年前失落

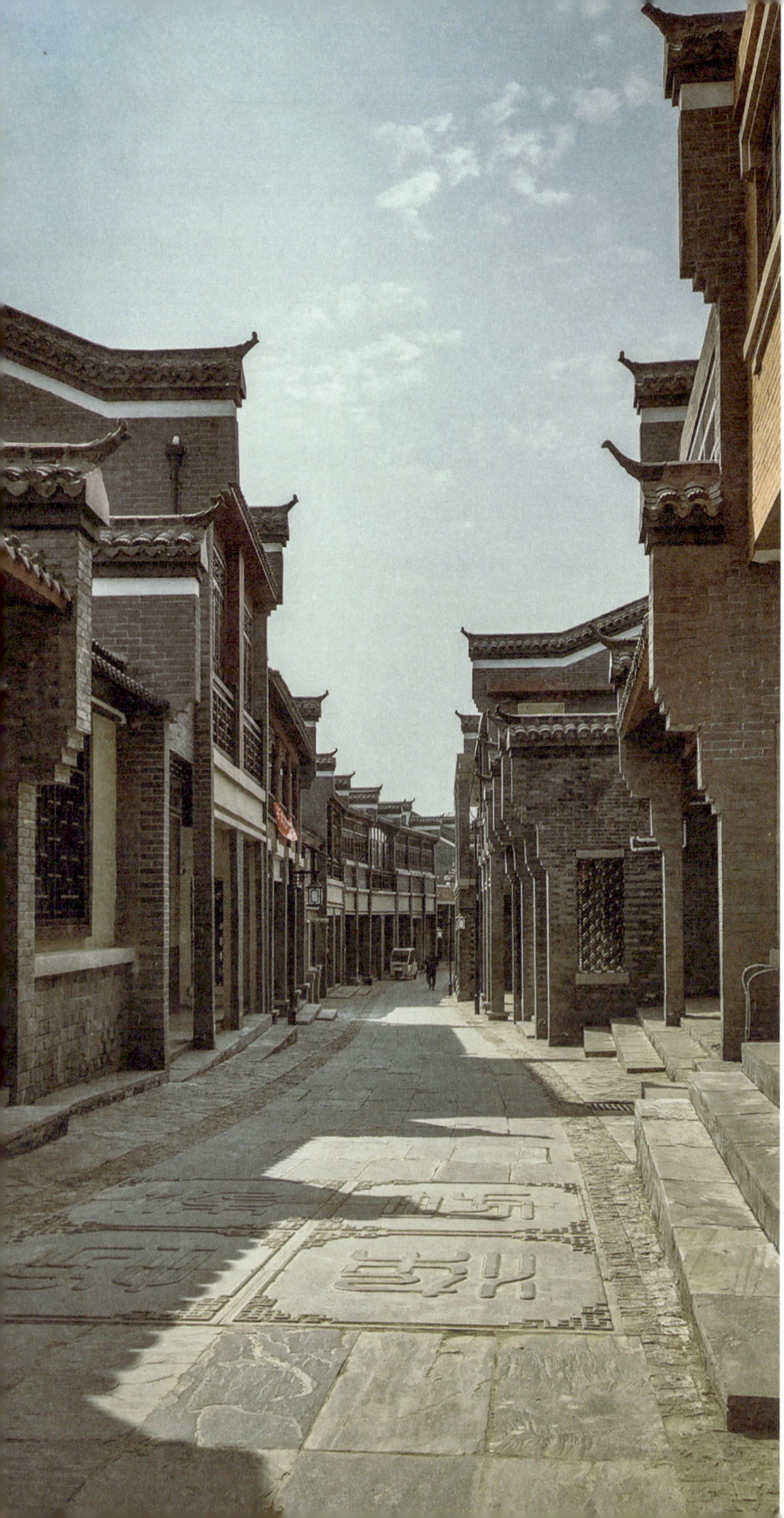

的莲子……"我听后一怔,是啊,古街不就是岁月遗落在人间的"莲子"吗?如今它借着新时代的春风,萌发新芽,满血复活了。

吴山口,我匆匆而来,亦匆匆而去,我会再寻他日,来慢慢品味你的风韵。

作者简介

查鸿林,男,肥西县人,合肥市作家协会会员,安徽省民俗学会理事。业余时间喜爱写作、读书、旅游,在《安徽日报》《新安晚报》《南京日报》《合肥日报》《合肥晚报》等十几家省内外报刊发表作品 300 余篇,作品被《青年文摘》《幸福家庭》等多家文摘类刊物选编,现供职于肥西县政协。

夕照吴山口

文 / 张莉　图 / 徐启玖

无意中闯入吴山口是在一个仲夏的傍晚。在此之前，我对它的了解仅限于知道它的名字，知道它在紫蓬山脚下，并没有刻意去搜索它、寻找它，只想在某年某月某日与它不期而遇。

驱车行驶在紫蓬山蜿蜒的环山公路上，太阳的余晖虽然依旧明艳夺目，但置身于苍松翠柏之中，便觉暑气消减了许多，心也随之慢慢地沉静下来。远远看见道路旁有座仿古建筑，有些惊奇，到了近前停车观望，却发现是一座城楼，矗立于蓝天之下，虽不高大，却朴厚肃穆，而城墙一侧被斜阳顽皮地铺洒了一层耀眼的金黄，这个画面因而变得热烈而生动。墙头上插着的几面小旗子迎风招展。城墙自上而下悬挂着大大小小的红灯笼，正中有几个红底烫金的字：吴山口。原来这就是一直萦绕在我心头的吴山口。莫道相见不如偶遇。

从城墙大门进入，眼前出现了一条古风古韵的街巷，只是隔了一堵城墙，这里仿佛已然是另外一个世界了。狭窄的街巷、青石板、古建筑，一股原始的风貌扑面而来，似乎远离了凡尘、喧嚣，穿越回了久远的年代。一切都静了下来，慢了下来。如果这时街上再出现几个穿长衫、梳发髻的人，我便会理所当然地认为，许多许多年前的吴山口，其实就是这个样子。我在街上一家店铺买上一支冰棍，顺便和店主聊了起来。店主是本地人，颇善言辞，我的一番询问打开了他的话匣子。他告诉我，在很早之前就有"吴山口"这个名字，吴山口是有历史的。以前这里曾是个驿站，从六安到吴山口到合肥，这条路是条直线，人们到合肥都要从这里过，只是后来修了其他路，这里才废弃了。清朝时，有个淮军将领在这里修了碉堡炮楼。那时门口这条街有好多店铺、茶楼、饭店、油坊，还有赌场和戏院，可热闹了。这里离西庐寺很近，到紫蓬山烧香的南来北往的香客很多，都会经过这里，所以名气很大的。推算一下，这个村，应该是建在明朝。老板的这番话，更让我急切地想去一睹吴山口这个古老村庄的昔日容颜。

我游走在街巷之中，寻找着历史的痕迹。街道据说是在原有街道的基础上复古重修的，并没有改变老街原有的脉络和肌理。其实我一直不太喜欢许多仿古设计，但是在这里，我感觉一切都是那么和谐而默契。青砖、灰瓦、回廊、花隔窗、石板路，让我眼前浮现出百年前老街的一幕幕：店铺林立的街巷，琳琅满目的商品，此起彼伏的吆喝声，熙熙攘攘、穿梭往来的商客。如今的老街，如一位饱经风霜后淡然而笃定的老者，曾有过风花雪月，也曾见过繁华与没落，当尘埃落尽、风华不再，当许多的人、许多的事，都已随岁月流逝，留下的，是一种浮躁之后的沉静与质朴、平和与安然。

转出街去，也不问方向，由着性子，沿着一条乡间的柏油小路向前走，徜徉在一片绿色的世界中，时光的流淌在这里似乎也变慢了。不大的村庄里池塘遍布，一路之上，不闻人声，但听鸟语，在自然的空间里，它们的天籁永远是最美妙的旋律。如果不是偶尔见到停在门前的汽车，我真的会有一种错觉，难道眼前这个村庄就是文人笔下的世外桃源？

一路走下来，并没有见到多少人，或许因为暑气未退，或许这里本来人口就不多。只是偶尔遇见三三两两的老人坐在门口摇着扇子聊天，还是很多年前见过的农村傍晚的样子，他们见怪不怪地看着我东瞅瞅西看看。许多房屋的门前都有老树，老树记载着村庄的岁月，也为这个静谧的村庄增添了生命的年轮和印记。循路走到一座房屋前，上面挂着"原吴山口公社旧址"的牌子。这座房屋与周边的村舍显得有些格格不入，灰色的墙面早已斑驳，有些墙砖也已残缺，房屋的木门窄而小，看起来很有些年头了，

应该是为了保存它的原貌，特意没有再进行修复，也可以让后来的人们探访曾经的记忆。再往前走，路边有一个戏台，面积不大，倒是蛮气派。在戏楼的顶上，立着四个形态各异的天神，想来是寄寓了某些特殊的含义。不远处，还有一个几层楼高的建筑，应该就是刚才店主介绍的那位淮军将领修建的碉堡炮楼了。

绕村一周，又回到城墙下。城墙对面是一片水塘，木质的长廊曲折延伸入池塘中间。长廊的一侧，一座小亭，一架水车，水车的倒影印在水面上，形成两个连环。远处是郁郁葱葱的苍翠树林，白云在天际自然地舒展，夕阳不甘心落下，将最后的绚烂从树缝中挤出来，留下斑驳的光影。

夕照吴山口，岁月似乎已尘封在这一片碧水青山之中，只一面之缘，便胜似千年。

作者简介

张莉，女，文学爱好者，现供职于肥西县档案馆。作品散见于《新安晚报》《合肥晚报》《安徽商报》《中国档案报》等。